タイフーン・湯あみ

春山 郷
HARUYAMA Go

文芸社

目次

タイフーン

一

Ｋ県Ｋ郡Ｋ町は、日本海に面した人口七千八百人ほどの小さな町である。全国の地方都市事情に漏れず、過疎が進んでいる。

町の海岸沿いは、漁師の平家が隙間なく八百軒ばかり並んでいるが、そのうち約一割は空き家になって放置されている。買手のつかない空き家は海風に浸食されて劣化が進み、倒壊の恐れがあったり、ノラ猫の住処になったりして問題となっている。そのため、町役場では、空き家を買い取ってリフォームし、町外から入居者を募集したり、小洒落たカフェを作ったりして町の再開発を進めている。

海岸から百メートルほど陸地に入ると国道があり、そこをまたいでから土地が隆起している。そこから先の内陸部は山村である。山村に住む人々の多くが兼業農家で、土地の平らな所に田畑が点在している。

昭和の時代は、漁業を生業とする男たちと、農業を生業とする男たちの間で折り合いが悪く、行政の方針をめぐっての対立や、酒場での喧嘩などがあって活気に満ちていた。それが平成を通り越して令和の時代になると、人口が減ったのと時代の雰囲気が変わったのとで、長閑な町になった。

甘エビやイカなどの海産物と山田錦から作られる吟醸酒が特産品として有名ではあるが、この町が全国から注目されることがあるとすれば、それは大〇〇でも起きた時くらいであろう。

二〇二二年、七月。新型コロナウイルスの世界的な流行が収束を迎える頃――。

手洗いや消毒の励行は、この町でもまだ提唱されていた。累計感染者が十四人も出たのだ！　この町にとっては十年に一度の大事件である。

蟹江政太は、急いで制服に着替えた。次いでマスクを付けると、色褪せた白いスニーカーをサンダル履きした。そのまま玄関を出ようとした時、スクールバッグに水筒を入れ忘れたことに気付いた。政太は慌てて台所に引き返した。夏休み直前の猛暑日に、水筒を忘れることは中学生にとって致命的だ。もしも忘れてしまったら、学校のカビ臭い冷水器の水で丸一日我慢することになる。台所では椅子に腰かけた政太の祖母が、熱い茶を旨そうに啜っていた。

「政太、風邪でもひいたのか？」

祖母が虚ろな目をして言った。

「ううん」

政太は軽く左右に首を振り、冷蔵庫の扉を乱暴に開けると、麦茶のボトルを出して水筒に勢いよく注いだ。

「行ってきます」

政太は祖母に向かって目も合わせずに言うと、ドタドタと台所を出て行った。「おばあちゃんは、コロナウイルス対策でマスクをしていることを知らないんだ」と政太は思った。ワイドショーでは連日コロナ関連の話題が取り沙汰(ざた)され、落ち目のタレントコメンテーターが、政府の対応に文句を言って、大衆からのイメージアップを図ろうと努力しているのに。政太は、毎日テレビを観ながらぼーっと過ごしている祖母が、コロナウイルスで世間が大騒ぎしていることに未だに気が付いていないのがおかしくて、ことこと笑った。玄関を飛び出すと、家の前の坂道を一気に駆け下りた。まだ朝の七時半だというのに、気温はもう三十度近い。家を出てから五分と経たないうちに政太はうっすらと汗ばんできた。道の途中、ラジコンのヘリコプターを操って、農薬を棚田に散布しているおじさんを見かけた。おじさんもマスクをしていたが、それは決してコロナ対策のためではなく、農薬を吸い込まないようにするためだ。この町の住民はマスク励行やマイナンバー取得などの政府が出す方針に対して、素直に聞き従わない主義をもっている頑固な中高年が多くいる。政太は、ラジコンおじさんの奥に、立ちションをしている別のおじさんを見た。この令和の時代に、道端で堂々と立ちションをする一般人が生き残っているのだ。この町には、田中角栄が総理大臣をやっていた時代から変わらない何かがある。

政太は、町に五つしかない信号機のある交差点に差し掛かった。交差点の脇に立つ欅（けやき）の影に入って、赤信号が変わるのを待った。政太がズボンのポケットからハンカチを出して額の汗を拭いていると、後ろから自転車に乗った金田次郎（かねだじろう）がやってきた。

「よう！　政太、おはよう」

と言って、次郎は政太の肩をポンと叩いた。

「おはよう」

と政太は返した。

「後ろに乗るか？」

次郎は自転車の荷台を指さしながら言った。次郎の手は、野球部の部員らしく、手首から先が真っ黒に日焼けしていた。次郎の健康的な肉体には似合わないマスクが太陽光の照り返しで真っ白に映えた。

「遠慮しておくよ。ありがとう」

「そうか」

「先生に二人乗りが見つかると、面倒くさいし」

「校門の少し手前で降りれば大丈夫だろう?」

「でも、この道は結構通勤する先生の車が通るから危ないよ」

「うん。それもそうか。じゃ、オレ先に行くぞ。今頃学校は凄く盛り上がっているだろうから」


次郎の言葉を聞いて、政太は忘れていたことを思い出した。政太は、そのことについて次郎と話そうと思った。しかし、いつの間にか信号は青に変わっていて、次郎はもう五メートルほども先に行ってしまっていた。政太はあきらめて歩き出した。今日はこの町にとって、令和が始まって以来のビッグニュースがあるのだ! K町と姉妹都市になっているエチオピアのB市から、外国人の中学生がホームステイにやってくるのだ!

新型コロナウイルスの騒動が徐々に収まってはきたものの、中止になるのではないかと噂されていたのが、まさかの来日実現で、みんなのテンションの上がりようも一入(ひとしお)である。

政太が学校に着くと、校長室の前に人だかりができていた。校長室の中に噂の異邦人がいるのだ。生徒指導の先生が、校長室の出入り口に仁王立ちして、生徒が中へ入らないように警戒していた。生徒たちは、校長室の中を何とか覗き込もうとしていた。前列の生徒の頭と頭の間のスペースを探して、そこに自分の頭を入れる。後方に行くに従って隙間はなくなり、最後列の生徒はほとんど前が見えない。たとえ最前列にいたとしても、ドアは閉まっていて、何も見えないはずなのに。場の熱気を譬(たと)えるならば、マイナーだがキャリアが長く、少数の熱狂的なファンをもつバンドのライブハウスのようである。

時折、校長室の中から聞きなれない笑い声が聞こえてきた。廊下にいた生徒らは、その声が聞こえるたびに反応して、キャッキャと高い声を上げた。

この町にALT以外の外国人が来る！ それは、江戸時代の町民が感じたペリー来航と同じインパクトを持って町民に迎えられた。

乗り遅れてきた政太は、後方から人だかりを少し眺め、どうせ何も見えやしないと思って、教室に足を向けた。

教室では、普段誰とも話さない品田比奈(しなだひな)が一人で本を読んでいた。教室内はしんとしていて、時折、品田のページをめくる音がパラリとするだけであった。教室内はエアコンが効いていた。冷えた汗が額を伝った。汗に濡れたシャツが背中に張り付いた。政太は涼しさに、ほうっと息を吐いた。

「みんなミーハーだな〜。外国の子っていうだけで、あんなにはしゃがなくてもいいのに。どの道、後から教室に来るんだから」

と政太は独りごとを言った。おそらく、読書をしている品田も、自分と同じことを思っているのだろうと想像したからである。政太は品田に話しかけて、気持ちを共有しようかと考えた。しかし、自分の言葉に何の反応も示さない品田を見て、これを読書の邪魔をしてほしくないという意思表示と察したため、話しかけるのをやめた。しばらくして、級長が政太と品田を呼びに来た。二人は教室を出た。

政太が体育館へ向かう途中、学校の管理員が廊下の向こうからよたよた歩いてきた。慢性のアトピー性皮膚炎を長年患っている管理員は、額や頬に冷却用の氷を包帯でぐるぐる巻きにしていた。夏場は湿気が多く、アトピーが悪化するらしい。皮膚を冷やしても痒みが収まらないらしく、歩きながら包帯の隙間から目じりや首筋を掻いていた。掻き過ぎた所から黄ばんだ膿(うみ)が出て、包帯に染みていた。膝が悪く、片手で杖を突き、もう片方の手で皮膚を掻き、忙しそうに歩いている。包帯で前が見えにくかったこともあるのだろう。

管理員は、政太の横で派手に転んだ。

「大丈夫ですか?」

びっくりして、政太は管理員の肩を起こした。

「ああ……ありがとう」

「いいんです。いつもお世話になっていますから」

「年を取ると、まともに歩くのもままならなくてねえ」

「お体を、お大事になさってください」

管理員は、政太の言葉に軽く頷くと、転がった杖を指さした。政太は杖を拾って管理員に渡した。そして管理員の手を取り、立ち上がるのを手伝った。管理員は、再び政太に礼を言うと、危なっかしい様子で歩き出した。管理員の後ろ姿をしばし見守った後、政太は踵を返して体育館に向かおうとした。その時、管理員とすれ違いに校長を筆頭に、異国の少女とホストシスターの小野詩織の三人がこちらに向かって歩いてくるのが見えた。政太の目は、少女に釘付けになった。彼女は、フロントにレースの付いた白いタンクトップを着て、デニム生地のキュロットスカートを穿いていた。褐色の肌が健康的に輝いて見えた。歩くたびにツインテールの縮れ髪がわさわさと揺れた。睫毛の黒さが白目を一層際立たせて、瞳は豹のように凛として見開かれていた。少女は細長く伸びた四肢を優雅に振りながら、ランウェイを歩くように廊下を進んできた。政太の心は、少女の野生的な美しさに一目で捉えられてしまった。

数秒の後、政太ははっとして我に返ると、体を翻して体育館へと急いだ。

二

臨時の全校朝会が始まった。体育館にエチオピア人の少女が現れると、会場から大歓声が上がった。校長がステージに登壇して注目の少女を紹介した。場は一応静まり返っていたが、全校生徒の視線は、エチオピア人の少女へと一心に注がれていた。誰もが顕微鏡で観察するように、彼女の全身を隅々まで見つめていた。聞く人のない校長の話し声が、虚しく体育館に響いた。

紹介が終わると、少女は長い脚で階段を一つ飛ばしに楽々と上り、ステージの演台に立った。マスクを取り外すとすらっとした鼻筋と、ローズピンク色のふっくらした唇が露（あらわ）になった。皆の微かなざわめきが聞こえた後、空気が止まった。

すると、蝉の大合唱が政太の鼓膜に飛び込んできた。ずっと鳴り響いていたはずの蝉の声に今更気付いたことを、政太は自分でも驚いた。汗でマスクが頬に張り付き、呼吸が苦しくなっていることも、この時になって感じた。

「ミナサン。オハヨウ、ゴザイマス。ヴェロニカ・マルジャニデス。エチオピアカラ、キマシタ。ニ…シュウカンノアイダデスガ、ドウゾ……ヨロシク……」

少女ヴェロニカは、周囲の予想以上に正確な日本語の発音で、ゆっくりと話した。その続きからは英語で話した。言い終わってから、英語教師がヴェロニカの言葉を翻訳した。日本はアフリカよりも暑いと言ったのが、会場の笑いを誘った。実際、温度計は三十七度まで達し、サウナ状態ではあったが……。体育館には冷房機器が設置されておらず、大きな扇風機が四隅に置かれていた。しかし、その恩恵を受けることができるのは、四隅にいる生徒だけで、中央の列に並んでいる政太にとっては何の効果もなかった。蒸し暑さと、非日常の高揚感とが相まって、頬が一層ほてってくるのを感じた。

ヴェロニカは十四日間この町にいるのだが、明後日から夏休みなので、あまり関わることがないと政太は思った。教室に戻ると、ヴェロニカの席の周りに数人の生徒が群がっていた。彼らは学校ヒエラルキーの上位グループで、興味深そうに、何やらヴェロニカに話しかけている。少し離れたところでは階級の中位に属する生徒たちが、会話に聞き耳を立てている。品田だけは、いつもと変わらぬ様子で一人本を読んでいた。

政太は、たまたま自分の席がヴェロニカの後ろだったので、そこに座っていた。傍から見ると、政太も一見上位階級のグループに所属しているように見えるが、実際は違う。家族構成だとか、趣味は何かとか、好きな科目は何かとか、周りの生徒が矢継ぎ早に質問をした。日本語でそんな風に早口に話しかけても、ヴェロニカには理解できないだろうと政太は思ったが、黙って座っていた。忙しい問いかけに対して、それを全く意に介さない様子で、ヴェロニカは背筋をピンと伸ばして彫像のように固まっていた。

その時、詩織が教室に入ってきた。一瞬で教室の空気を読んだ詩織が、ここぞホストシスターの出番といった感じで周りを制しながら、ヴェロニカの正面に割って出た。そして、流暢な英語でヴェロニカに問いかけた。しかし、ヴェロニカは悟りきった禅僧を彷彿させるような無表情さで、半眼のまま微動だにしない。

そうしているうちにチャイムが鳴った。みんながそそくさと自席に戻った。先生が来るまでの間、みんな教科書やタブレットを机上に用意していた。突然、ヴェロニカが後ろを振り返った。政太は、不意にヴェロニカと至近距離で目が合った。ドキリとした政太は、目が点になった。ヴェロニカは、政太を凝視したまま顔を近付けてくる。香水の匂いが政太の鼻を突いた（政太は大人になってから、それがラッシュガーデニアの香りであると知る）。

政太は、緊張で思考が停止してしまって、ヴェロニカと視線を合わせたままになった。フリーズしたまま次の展開がどうなるのか予測できずに、不安が胸に込み上げてきた。

「ヨロシクネ……」

と、ヴェロニカは言った。

「……うっうん」

政太は、やっとそう答えた。ヴェロニカは、さっと前に向き直った。時間にして僅か数秒の出来事だった。しかし、少年にとってそれは大きなインパクトであった。平凡な日常の奥に未知の世界が広がっていることを知ったのだ。大人にとっては取るに足らないことだが、政太の心は異国の楽園に誘い込まれた。

「なぜ、ヴェロニカは自分に突然話しかけてきたのだろうか？」

そんな疑問が、政太の頭の中をぐるぐると駆け巡った。

大した理由はないのかもしれない。ただオレが間抜け面をしていたから、からかわれたのかも。それとも……オレに興味をもってくれたのか？　いや、考え過ぎか。中二病なのだろうかオレは……。

政太が我に返った時、授業はとっくに始まっていて、もう中盤へと差し掛かっていた。社会科の先生が黒板いっぱいに、選挙制度の仕組みを書いている。政太は、板書が消される前にノートに書き写そうと思って、慌ててシャーペンを走らせた。機械的にただ写し取っていた。内容は全く頭に入ってこなかった。以後の授業も、全く集中できずに政太の一日が終わった。

その日の夜、政太の兄の正敏(まさとし)が、ヴェロニカのことをしつこく聞いてきた。娯楽の少ないこの町の住人は、誰もが新しい話題に餓えており、兄もその例外ではなかった。兄は自分が直接ヴェロニカに会うことがないことを自覚しながらも、彼女に興味津々であった。政太は、兄がただ単純に話のネタになるという理由のためだけに、質問してくるのがおかしかった。噂好きの主婦みたいだと腹の底で嘲(あざけ)った。

「その娘(こ)は美人なのかい」

「うん」

「なら、注意したほうがいい」

「どうゆうこと？」

「若い女ってのは二種類に分けられる。見た目が良くて性格の悪い奴と、見た目が悪くて性格のいい奴だ」

兄が二十年の人生経験で獲得した浅はかな観念だった。政太は兄に対して敬意を示すために、真面目な顔をして聞いた（ちなみに、兄はこの七年後に結婚することになる。政太が兄の嫁を見て感じたのは「見た目が普通で、性格も普通」だった）。

初日以降、政太とヴェロニカとの直接的な接触はなく、そのまま夏休みに入ってしまった。

三

中学校のグラウンドでは、陸上部の練習が始まろうとしていた。熱中症対策で、気温が上がる前の早朝から練習が組まれていた。徐々に部員が集まってきて、グラウンドが俄（にわ）かに活気付いてきた。

政太が眠い目を擦りながらグラウンドに行くと、そこにヴェロニカがいた。マスクを外して素顔をさらしていた。政太にはそれが新鮮で、心が弾んだ。時折ヴェロニカに話しかける生徒もいたが、初日ほどの盛り上がりはなくなっていた。みんな、少しヴェロニカに慣れたのだ。まるで派手な一発屋芸人の初見で受けた衝撃が、視聴回数を重ねるごとに薄まっていくように。

詩織が陸上部でラッキーだったと政太は思った。練習が始まると、ヴェロニカは他の生徒に混じって同じ練習をした。SAQトレーニングでは、目立ちたがり屋の矢野大輔（やのだいすけ）が、ここぞとばかりに張りきってヴェロニカに手本を見せた。隣で詩織がヴェロニカにいろいろとやり方を英語で解説していた。ヴェロニカはみんなの動きをぎこちなくまねた。部員のみんなはその一挙手一投足を温かく見守っていた。「ファイト」「ベリーグッド」などの声が聞こえてきた。時折、ヴェロニカがはにかんだ笑顔を見せた。政太はそれがうれしかった。今までは、クールな表情のヴェロニカしか見たことがなかったからである。

休憩の後、競技種目ごとに分かれての練習になった。ヴェロニカに、どの競技をやりたいか聞いたが、彼女は答えなかった。詩織が様々の競技について説明したが、ヴェロニカには、いまいちピンとこないようであった。

ヴェロニカが迷っていると、競技種目のグループ間で彼女の争奪が始まった。しばらく話し合った後、ある部員の提案で、今日は詩織の練習に加わることになった。ヴェロニカは幾日か練習に参加することになっているので、次回以降は様々の異種目を順にやらせようということでみんな納得した。

詩織は短距離走をやっていた。政太は長距離走だったが、練習中に遠くから横目でチラチラとヴェロニカを見た。むきになって走っている大輔を、ヴェロニカがグングン追い抜いていく。初めのうち、大輔は追い抜かれたことを気にしていないように見えた。しかし、敵わないと判断した大輔のテンションが緩やかに下がっていくのが遠目にも分かって、政太は苦笑した。

「きゃあああああ!!」

グラウンドをつんざいて、砂場のほうから女子の悲鳴が聞こえた。走り幅跳びをしていた範田小百合(はんださゆり)の声だった。小百合は、近くを走っていた政太に助けを求めた。

「政太！　助けて!!」

「どうした？　大丈夫？」

政太が言うと、

「蛇ー!!　蛇ー!!」

と小百合は言って、砂場の奥を震えながら指さした。見ると一メートルはあろうかというアオダイショウが、グラウンドに這い出てきた。政太は、ぞっとして立ち尽くした。政太は蛇が大嫌いだったのである。固まっている政太を見て、小百合が、

「ちょっとー。政太！　男子なんだから何とかしてよ！」

と政太の袖を摑んで言った。政太は無茶な要求だと感じ、周りを見回して先生を探した。が、見つからない。そうこうしているうちに、みんなが蛇の存在に気付いて騒ぎ出した。こうなると練習どころではない。遠巻きに蛇を取り囲んで、何やら蛇に向かって叫んでいる者もいれば、校舎に逃げ込む者もいて、場は騒然となった。政太は蛇を追い払うだけの勇気が出せずに、もたもたしていた。政太の様子を見て、小百合がため息をついた。小百合が遠くを仰ぎ見ると、箱と棒を持って向かってくる顧問の先生の姿があった。

その時である。颯爽と生徒の輪をかき分け、ヴェロニカが進み出たかと思うと、蛇を踏み付けた。首の根元を踏まれた蛇は苦しそうに下肢をバタバタとくねらした。政太はおぞましい蛇の動きに息を吞んだ。そして、蛇の尾が彼女の足首に絡まるのではないかと思ってドキドキした。しかし、彼女は日常茶飯事であるかの如く、泰然自若とした様子で、静かに蛇を見下ろしていた。やがて先生が息を切らしながらヴェロニカの所にやってきた。

そして、棒で蛇を器用にあしらって、持っていた木箱に入れた。顧問は蛇の入った箱を持って、校地の彼方へ消え去った。政太と小百合は、地面に力なくへたり込んだ。ヴェロニカが政太のほうに向き直り、ザッザッと土埃を舞い上げながら近付いてきた。政太は、ヴェロニカのランニングシューズのメーカーが、日本にはない自分の知らないブランドだと気付いた。ヴェロニカは、政太の傍（そば）まで来ると、政太の顔を覗き込んで、

「スネーク……キライ？」

と言った。

「イッ……イエス」

と、政太は答えた。政太の頬を冷汗が伝った。ヴェロニカは政太の反応にウケたらしく、ワラワラ笑った。口角が上がって、白い歯が剥（む）き出しになった。彼女の犬歯が太陽の光を受けて十字に光った。「でかい口だな」と政太は思った。

その日の夜、政太は蛇の事件を興奮して家族に話して聞かせた。しかし、アフリカ人なら有り得ることだと家族はみんな納得してしまった。政太は期待したリアクションが得られずに拍子抜けした。政太の家族にとっては「アフリカ人とは槍一本でライオンと戦う人たち」というのが、スタンダードな認識だった。

町の広報誌に、ヴェロニカの特集記事が載っていて、兄は熱心にそれを読みふけってい
た。そして、時々政太に向かってヴェロニカのことを質問した。兄が興味を持っているの
は、専らヴェロニカの外見に関してのことだった。ヴェロニカの着けていたアクセサリー
だの、髪型のことなどを聞かれたが、政太はうまく答えることができなかった。そのうち
に、兄はヴェロニカに対する私見を述べ始めた。政太は、兄が話すことを黙って聞きなが
ら、適当なところで相槌をうった。

テレビでは、陽気なバラエティ番組が放送されていた。昔売れていた中年の元アイドル
が、必死に面白いことを言おうと頑張っていた。その人の発言に対して、悪い噂しか聞い
たことのない元国会議員のタレントが、生き生きとツッコミを入れている。政治家時代は
いろいろと国民に気を使っていたのだろうけれど、今はその必要がないのだ。祖母はじっ
とテレビ画面を見ていた。けれど、一体どの程度内容を理解して面白がっているのだろう
かと、政太は疑問に思った。母親はソファに寝そべって、スマホを指でクルクルいじって
いる。兄と話すのが疲れてきた政太は、

「世界陸上」

と言った。この時、アメリカのオレゴン州で世界陸上が行われていた。

「あっ」

と母は言って、寝そべったまま胴体を一回転させると、リモコンを取ろうとして手を伸ばした。が、あと数センチの所で手が届かず、もがいた。傍にいた祖母がリモコンを取って、母に渡した。母がチャンネルを変えると、日本人選手がインタビューに答えていた。その選手は、銀メダルを取ったらしい。インタビューでは、「金メダルじゃなかったことが悔しい」と話していた。それを見た兄は、話題をかえて今度はスポーツについての批評を述べ出した。

「銀メダルを取って悔しいって、どういうことだい？　世界中にその競技をやっている人が何百万人といるのに、世界で一番になれなかったから悔しいって……。それじゃ、世界の二位以下の人は、全員駄目だって言うのかい？　そのシステムはクレイジーだぜ。いや、スポーツ自体はいいと思うよ。スポーツを楽しむのも、運動するのも心と体の健康にいいし。だけどさ。オリンピックもそうだけどスポーツの世界大会って参加することに意義があると思うんだよね。

ところが自分たちの国が一番取ることしか考えてないんだよな。特に先進国。そう思わない？　何のために世界大会やってんの？　経済効果期待してるだけ？　出場するほとんどの国はメダル一個も取らないで大会が終わるのに。

戦争やってる国の選手も出てるしさ。どうかしているよ。メダルなんてなくしちゃえばいいんだよ。参加者には全員参加賞で、オレゴン産のフルーツとかプレゼントすればいいじゃん。

いや、でも、アリソン・フェリックスはいい。尊敬するよ。彼女は最高！　この大会でとうとう引退しちゃうんだよなぁ。女子リレーの決勝も出場してほしいな〜。ヴェロニカもそういうタイプだろ？　さっき、足が速いって言ってたよな？」

「いつでも兄貴の言うことは、半分当たっていて半分間違っているんだね」

政太は小声でぼそぼそ言った。

「何だって？」

「いやー。兄貴は賢いな〜っていつも思っているんだ」

「そうか。いや、お前だけだよ。オレを分かってくれるの」

兄は、ニヤッと笑うと政太の頭をなでた。政太は、兄が家では正直に自分の考えを述べるのがうれしかった。その分、職場では自分の意見を抑えていることも知っていた。内弁慶な兄が息巻いて話しているのを見ると、政太はどこか安心するのだった。

「地震だ」

突然祖母が言った。

政太を含めて家族みんなが祖母のほうを見た。次の瞬間、テレビから警告音が鳴って、画面にニュース速報が表示された。政太は、何があったのだろうと思って、画面を注視した。K町やその近辺で「震度1」の地震があったと表示された。海に面したこの町の住人は、基本的に地震や台風に敏感ではあるが、祖母以外、揺れたことには誰も気が付かなかった。政太は祖母の一言に静かな驚きを感じた。

四

白シャツに青いハーフパンツの自転車集団が、上り坂を汗だくになって駆け上がっていく。道路の先は灰色のアスファルトと青い空が横一直線で隔てられている。道の両側には、青々と茂った松林が迫(せ)り出して、アスファルトを上ってくる政太たちを迎えている。学校指定の白いヘルメットと体操着姿の一団に交じって、一人だけ緑色に赤いラインの入った競技用ヘルメットを被ったヴェロニカがいた。彼女は、花柄のノースリーブシャツにベー

ジュのホットパンツを着用しており、黒人であるが故になおさらめちゃくちゃ目立ってい
た。彼女は、詩織の妹から借りた子ども用自転車を立ちこぎしている。集団の先頭が、上
り坂の頂に次々と吸い込まれていく。

「あっ！」

と誰かが叫んだ。上り坂が、下り坂に変わった瞬間、眼下に青い大海原がパノラマのよ
うに広がった。緩やかなカーブを描いた坂道を、集団が一気に駆け下りていく。誰かが景
色に見とれて、車道に侵入してしまったらしい。道路を上がってきた黄色いオープンカー
に、クラクションを鳴らされた。鳴らされた誰かが、慌てて集団の列に合流する。K町の
住民にとっては見慣れた景色であっても、夏の海には自然とテンションが上がってしまう。

陸上部では、夏休みに砂浜でのトレーニングが例年行われており、今日はその日だった
のである。二時間ほど砂浜で陸上の練習をした後は、海で遊ぶのだ。男子は全員練習の前
から、海パン一枚にランニングシューズという格好になっていた。政太は二の腕と首回り
に日焼け跡の線がくっきりと入って、半袖シャツを着ているように見えた。大輔の場合は、
タンクトップの形に日焼けをしている。ヴェロニカには、少年たちの日焼け跡がおかしく
見えるらしく、ケタケタと笑った。大輔は日焼けし過ぎて、肩から表皮がむけていた。む

けたところが痒いらしく、大輔はぼりぼりと肩を掻いた。詩織が、大輔の背後からゆっくりと忍び寄って、大輔の肩の皮をそっと摘まむと、勢いよく剥いだ。

「痛てっ！」

思わず、大輔が声を上げた。振り向くと、

「あはは」

と詩織が笑いながら逃げていく。

「詩織！」

と大輔は言って、足元の砂を摑むと走り去る詩織の背中に向かって投げつけた。砂は、二メートルほど飛んだところで、海風に押し流されて、煙になった。

政太の属する長距離グループは、砂浜で五キロメートルのランニングを始めた。一歩踏み込むたびに、シューズの裏から砂埃が舞った。汗ばんだ足に舞い上がった砂が磁石のようにくっ付いてくる。みんな砂浜に足を取られて何度もこける。そのたびに、全身に付いた砂を払いながら再び起き上がって走り出すのだが、なぜだかそれが楽しくてしょうがないのだ。海岸は、新型コロナの影響が尾を引いているせいで人影がまばらだった。どこかの阿呆が棄てた空き缶だのペットボトルだのが所々に散乱しているのが少し見苦しい。

練習が終わると、松林の木陰でみんなは休憩した。女子は、日焼け止めのクリームを丹念に、額や腕に塗り込んでいる。政太は水筒の麦茶をごくごく飲むと、シューズを脱いで裸足になった。汗で全身にこびり付いた砂を落とそうとして、水場でまず足を洗った。蛇口をひねると最初は生ぬるい水が出てきたが、しばらくするとそれが冷たい水に変わって、足が気持ちよかった。政太が腕を洗いながら海のほうを見やると、もう男子がバシャバシャと海に入って遊んでいる。政太はその光景に吸いつけられるように、海に向かって歩き出した。一歩足を地面に置くと、ザザッという音と共に足首まで砂に埋まってしまう。足の甲で、上に乗った砂を押し上げながら歩いていった。長距離を走った後だったこともあり、樏（かんじき）を履いて積もった雪の中を歩いているみたいに足が異常に重く感じられた。足の裏が熱くて、それが痛みに変わってきた。海が遠く感じられた。政太は急いだ。

　ようやく政太の火傷気味の足の裏が、波打ち際の濡れた砂に届いた。足指の間に湿った砂がつまったかと思うと、サァーという音と共に波が政太のひざ下まで流れ込んできた。冷たさが足から上がってきて、政太の心を弾ませた。友達がバシャバシャと波を両手で放って、政太の上体にかけてきた。海水は思った以上に冷たくて、太陽でカンカンに熱せられた政太の体に爽快感が走った。政太も負けじと友達に波をかけ返した。最高のひと時が始まると思われたその時、大輔の悲鳴が聞こえた。

声のしたほうに振り向くと、大輔が海から砂浜に向かって凄まじい水しぶきを飛ばしながら、駆けている。砂浜に三歩上がったところで、大輔は大げさに転んだ。海にいたみんなが動きを止め、大輔のほうを凝視した。大輔はうずくまったまま、苦悶の表情を浮かべている。

「大丈夫か⁉」

政太と仲間は、大輔の所へ急いで駆け寄った。大輔の左足がミミズ腫れになっていた。そして、そのふくらはぎには巨大なクラゲがへばり付いている。友達が、足からクラゲを離そうとしたが、ヌルヌルと滑って取れない。クラゲは離れまいと意固地になったと見えて、一層大輔の足に強く絡みついた。そして再び、大輔を刺した。

「痛ってー！」

大輔が大声を上げた。真っ赤な線が、もう一本大輔のふくらはぎに入っていく。政太は、お酢をバッグに入れていたことを思い出して、荷物の置いてある松林へ走った。政太は夢中で走って、自分のバッグまでたどり着くと、中からお酢の入った瓶を取り出した。それを持って大輔の元へ走ろうとした時、右足に激痛が走った。疲労が溜まったせいで、肉離れを起こしたのだった。政太は、四つん這いになって踏ん張ったが、起き上がれなかった。政太は痙攣（けいれん）しているふくらはぎを、両手でしっかりと抑えた。

「政太ー！」

波打ち際から、政太を呼ぶ声が聞こえてきた。政太が目を上げると、大輔の周りにいる男子が手を振っている。政太は、激痛の止まない自分の右足を見つめながら、どうするべきか必死で考えた。

「ダイジョウブ？」

政太が顔を上げると、そこにヴェロニカの顔があった。政太ははっとして、

「これ、大輔に届けて」

と言って、お酢の瓶をヴェロニカに渡した。そして、海のほうを指さした。ヴェロニカは、大輔の周りにできている人だかりを見て状況を察したらしく、頷くとそのほうへ向かって駆け出した。政太は、走っていくヴェロニカの後ろ姿を見つめた。太陽の光に照らされて、ヴェロニカの体から迸る（ほとばし）汗が光った。なんて美しい走り方なのだろうかと政太は思った。砂浜で横になっている流木を飛び越え、レーザー光線のように一直線に駆けていく。時折勢いよく吹く海風にもビクともしない。後ろ髪を振り乱しながら、水平線まで突き抜

けるような勢いで、ヴェロニカは大輔に辿り着いた。その様子を、政太はじっと見守っていた。

政太の目の前を一羽のカモメが飛んでいった。政太は反射的にカモメを目で追った。カモメは空高く舞い上がると、空中で一回転した後、眩しすぎる太陽の中に溶けていった。政太は空を仰いだまま目をつぶった。カモメの愉快な鳴き声が聞こえ、磯の匂いが鼻を突いた。瞼（まぶた）の裏が熱くなった。

やがて大輔たちの一群から歓声が沸いた。政太は、クラゲが取れたのだと分かった。どうやら自分の足の痙攣のほうも収まったらしい。政太はゆっくりとふくらはぎから手を放した。政太は念のため、しばらくそこでじっとしていることにした。

数分後、ヴェロニカがゆっくりと政太の元に戻ってきた。ヴェロニカはニッと笑うと、政太に向かって両手を突き出した。ヴェロニカが両手を広げると、掌（てのひら）の上に、大小様々の貝殻が雪のような色をして折り重なっていた。

「綺麗だね」

と政太は言った。ヴェロニカは満足そうな表情を浮かべた。

五

「新型コロナウイルスは、神が人類に与えた罰です。神は、人類をコロナウイルスによって罰したのです。皆さん、私の言っていることがおかしいとお思いでしょうか。では、この海岸をご覧になってください。心ない人々によって投げ捨てられたゴミが散乱しています。これらのゴミが環境を汚染し、地球は泣いています。今日ここにお集まりいただいた町民の皆様に感謝申し上げます。今日は海岸清掃で砂浜を綺麗にし、そして人類の犯した罪も清めましょう。皆様に神の祝福あれ」

町長の宗教染みた独特のあいさつが済むと、町役場の係員が指示を出した。トングと軍手、ビニール袋を持った老若男女様々の町民が、ぞろぞろと動きだして海岸のゴミ拾いを始めた。この町内行事は、新型コロナウイルス対応で昨年まで中止されていた。しかし、コロナウイルスが2類から5類に見直される見通しで、徐々に騒動が収束してきていることに加え、屋外での活動なので大丈夫だろうと町長が判断したため、実施されることとなった。地元の小中学生はボランティアという名の強制参加が原則であった。

「今年も中止になってほしかったなー」

と大輔がダルそうに言った。

「天国に行けるぞ」

と政太が言った。

「オレは仏教徒なんだよ。お前もそうだろ？」

「仏教徒もキリスト教徒も一緒だよ。みんなでクリスマスお祝いするんだから」

他愛のないやり取りをしながら、政太は潰れた空き缶をトングで摑んだ。空き缶が重いと思ったら、中に泥水が入っていて、缶を持ち上げると、缶の口からドロドロこぼれた。昨日雨が降った影響で、砂浜は湿っていた。昼の太陽は雲に隠れて、涼しいのが有り難かった。政太は缶の周りに付いた砂を軍手で落としてから、ビニール袋に入れた。

役場の広報係は、ゴミを拾うヴェロニカの写真をパシャパシャ撮っている。元気な小学生四人組がカメラに割って入り、レンズに向かってピースサインを送った。広報のおじさんは、笑顔で小学生も一緒にレンズに収めた。

「おーい！　お前たち！　ちゃんとゴミを拾え！　何しに来たんだ？」

小学生の親が遠くから叫んだ。子どもらは、ばつが悪そうに親の元に走って行った。一時間ほどで海岸清掃は終了した。参加者には、ペットボトルのお茶が手渡された。たまたま係員の近くにいた政太は、頼まれてお茶配りを手伝った。参加者はお茶を受け取ると、タオルで顔を拭きながら、ぞろぞろと帰って行った。お茶を配り終わると、政太は係員にお礼を言われ、余ったお茶のペットボトルを三本余計にもらった。

ヴェロニカと詩織は、小学生に交じって砂の城を作って遊んでいた。砂はほどよい湿り気だったため、面白いように形になった。

「これ、あげる」

政太は、ペットボトルをヴェロニカと詩織に一本ずつ渡した。二人は礼を言って受け取った。

「政太も一緒にやる?」

詩織にそう言われて、政太は一瞬迷った。こんな小学生がするような遊びを自分がやるのは、周りからどう見られるだろうかと思ったのだ。でも、ヴェロニカがいたため、結局やることにした。そこで、政太は少し残念なお知らせを聞かされた。明日からヴェロニカは詩織の家族に連れられて中国地方に行くのだという。せっかく日本に来たので、観光地や温泉街を巡ってくるのだそうだ。本当は京都に行く予定だった。コロナが明けて観光客も増えていたが、ヴェロニカに万が一のことがあってはいけないということで、人の多い所に行くのはまだリスクがあると断念したとのこと。政太は部活動でヴェロニカに会えなくなるのが残念だったが、

「楽しんできてね」

と悲しそうな笑顔で言った。ヴェロニカが城のてっぺんに棒切れを挿した。これにより城が完成した。三人は手を叩いて、城の完成を祝った。ペットボトルのお茶は既に空になっていた。陽はもう傾いており、辺りはしんとしていた。小学生が作った諸々の砂のオブジェが長い影を引いている。犬を連れたおばさんが波打ち際を散歩していた。詩織はおばさんに写真を撮ってくれるように頼んだ。詩織は持っていたケータイをおばさんに渡すと、政太とヴェロニカの脇に来て、一緒に砂の城を囲んだ。犬が興味深そうに砂の城をクンクンと嗅いだ。三人は、冷めた砂浜に腰を下ろした。そして生温かい海風を受けながら、赤く染まった空をいつまでも眺めていた。

六

ヴェロニカが部活動に来なくなってから数日が経過した。部活動は、いつもどおりの練習に戻った。みんなは新型コロナウイルスの影響で、三年ぶりに実施される大会に向けて練習していた。陸上部は真面目な部員が多かったので、みんな目標に向かって、やるべきことを淡々とやっていた。一方、政太は元来根気のある質（たち）ではなかった。

熱中症予防で、いつでも水分を補給してよいことになっていた。しかし、喉を潤したと思っても、十分後にはまた喉が渇いた。飲んでも飲んでも、それが汗として体外へ流れ出てきた。帽子を被っていても、日陰で休んでいても猛暑による暑さはどうしようもなかった。政太は段々と練習に身が入らなくなっていき、種目ごとの練習時間になったら、サボろうと決めた。

「外周りに行ってくる」

と政太は長距離グループの仲間に言った。

「それならオレも一緒に行ってやる」

と仲間の一人が言った。外周りの途中に、熱中症で倒れたり、交通事故に遭ったりするといけないので、一人では行けない決まりになっていた。

「こんな暑い日じゃ、みんな外周りには行きたくないだろうから、無理にオレに合わせなくていい。心配はいらない。ありがとう」

と政太は言った。周囲は感心して、「政太は練習熱心な男」という勘違いが起こった。こうして政太は、まんまと一人で外周りに行くことに成功したのである。

政太は軽快に走って、グラウンドを越えて、裏山の芝生へ出た。近くに人がいないことを確認して、地面に寝転んだ。周囲が高低様々の灌木に囲われていて、グラウンドや校舎からは死角となっていた。政太は以前にもここで練習をサボったことがあった。青臭い芝の匂いが政太の鼻を突いた。アブラゼミが周囲にたくさんいるのだろう。頭が破裂しそうなくらい、大音量の鳴き声が聞こえてくる。政太は全身の力を抜いて、思考を止めた。蟻が政太の指を這ってくすぐったかったけれど、無視した。目をつむって完全にリラックスした。何分か経った。背中が自分の汗と芝生の露のせいで蒸れた。背中がヌルヌルしてきて、それがだんだんと不快になってきた。「そろそろ戻らないと、みんなに怪しまれるな」そう思って、起き上がろうとした。

その刹那、誰かが政太の隣に添うように寝転んだ。政太の左の二の腕が別の肌の二の腕に触れた。政太は肌の感触から、それが女であることを本能的に悟った。「ヤバい！」と政太は思った。言い訳を考えるために、政太の脳内をインパルスが激しく飛び交った。「走っていたら脇腹が痛くなったので、ここで休んでいたんだ」という、真っ当で無難な答えが頭に浮かんだ。それを言おうと思って、寝転んだまま、首だけ横に向けた。

ヴェロニカと間近で目が合った。ヴェロニカも同様に、首だけ政太のほうに向けて仰向けで寝ていた。政太の全身がビクッと波打った。政太には、ヴェロニカの吐息が微かに口元に感じられた。政太は恥ずかしくなって首を前に戻した。ヴェロニカのヒューヒューという小さな呼吸音が、左耳の奥に沁み込んできた。なぜここにヴェロニカがいるのだろうかと疑問に思った。旅行は中止になったのだろうか。詩織の家族が新型コロナウイルスに感染してしまったのだろうか。様々な考えが政太の頭を過(よぎ)った。憶測は尽きないけれども、ただ、ここにヴェロニカがいるということに変わりはなかった。政太は緊張が続くこの状況に耐えられなくなってきた。だが、どうすればいいのか、政太自身にも分からなかった。結局、ヴェロニカの眼差しと息遣いをギラギラと顔の左側に受け続けることになった。二の腕はずっとくっついたままで、体温のぬくもりが、政太の体に伝わってきていた。こうしていうちに、政太の意思は、ヴェロニカに屈した。言い訳をしようという意図は消えて、政太はただただ、酔い潰れた男のように寝ていた。

「[illegible]」

「何？」

政太は、キョトンとしてヴェロニカのほうを見た。ヴェロニカの瞳は、政太の瞳に向けて、大きく開かれていた。

政太は空を見た。入道雲が元気よく、青空にのさばっていた。雲の隙間から太陽が突然顔を出した。急に視界が眩しくなって政太は眼を閉じた。太陽の放つ熱線のせいで、目の奥が熱くなった。草が自分の体温で蒸れて、青臭い匂いを強くしたように感じられた。政太は頬に、ヴェロニカの頬を感じて、眼球を横にスライドさせた。政太はハッとして息を呑んだ。ヴェロニカの瞳が光彩を放って、政太を刺し貫いた。全身が釘付けにされた。頬をヴェロニカの口唇に摘まれて、チクッとした痛みを覚えた。産毛が逆立つのを感じた。

その時である、

「北まくら！　北まくら！」

突然、灌木の中から政太の祖母が現れて叫んだ。政太は咄嗟（とっさ）に起き上がった。心臓の鼓動が激しくなって、胸が痛かった。祖母は麦藁帽子を被り、作業着を着ていた。祖母の下半身は草木に覆われて二人からは見えない。いつか見たベトナム戦争の映画で、ゲリラ兵の登場する場面が、政太の頭に浮かんだ。こうして、青春の甘美なシーンは打ち破られた。

「政太!!　北まくらで寝ちゃダメだよ！」

祖母は大声で叫んだ。大声を聞きつけて、陸上部の生徒が集まってきた。

「あっ、政太のおばあさん。こんにちは！」

「こんにちは!!」

詩織がまず、祖母に気付いてあいさつし、他がそれに続いた。

「こんにちは。暑いのに、みんなよく頑張っとるね。よかったらこれ」

祖母はそう言って、叢（くさむら）から出てきた。スイカの入ったビニール袋を両手に提げていた。

政太は祖母の気遣いに感謝し、鬱陶（うっとう）しいと思った自分を反省した。政太は、ヴェロニカを思い出して、辺りを見回した。ヴェロニカは少し離れた所に立ち、何事もなかったかのように空を眺めていた。風で大きく膨らんだヴェロニカの髪を見て、ライオンみたいだと政太は思った。

その日の夜、政太はアフリカのサバンナに、裸同然の格好で凛々しく立つヴェロニカの夢を見た。

七

翌日の午後、政太は母に頼まれてスーパーに買い物に行った。帰り道、政太は食材や日用品がパンパンに詰まったエコバッグを抱えて、汗だくになって歩いていた。自宅からスーパーまでは距離があったため、自転車で来たのだが、買った物が多過ぎて、自転車の籠に入りきらなかった。泣く泣く政太は、自転車をスーパーの駐車場に置いて歩いて帰ることにした。母親が仕事から帰宅したら、自動車でスーパーまで送ってもらって、自転車で帰ってこようと考えた。この分だと、家に着く前にアイスが溶けてしまうだろうと思って心配した。しかし、荷物が重くてとても走る気にはならなかった。政太が自宅へ続く農道を歩いていると、突然背後から、政太を呼ぶ声がした。

「おーい！　政太！」

詩織の声だ。軽トラックが後方から近付いてきて、政太の横で止まった。荷台に、詩織とヴェロニカが乗っていた。

「乗ってく?」

詩織が言った。

「ありがとう」

と政太は答えた。詩織は制服を着ていた。ヴェロニカは、黒いTシャツに、スキニージーンズといったいで立ちだ。長過ぎるヴェロニカの脚が、ジーンズの裾からはみ出して、レギュラーサイズを八分丈に見せている。政太は軽トラを運転していた詩織の祖父にあいさつをして、荷台に乗り込んだ。祖父はゆっくりと軽トラを発車させた。田んぼの砂利道をコトコトと揺れながらトラックは進んだ。三人は荷台の上に並んで体育座りをしていた。トラックが振動で揺れるたびに、荷台の三人も揺れた。揺れるたびに、隣とくっついたり離れたりするのが楽しかった。

「そう言えば、詩織。旅行に行くんじゃなかったっけ?」

「うん。それが止(や)めになったの」

「何で?」

「ヴェロニカが、この町に居たいっていうから」

「えっ?」

政太は意外な理由に少し驚いてヴェロニカを見た。ヴェロニカは素知らぬ顔で遠くを見ている。

「何で？　この町のどこがそんなに気に入ったの？」

政太が詩織に聞いた。

「さあ……。私に聞かれても……」

「そっ……そうだよね……」

政太はきまり悪そうに、袖口で頬の汗を拭うと、話題を変えた。

「今日は何かあった？　夏休みなのに制服を着てるから」

「うん。今日は小学校でヴェロニカの交流会があったの」

ヴェロニカは、この町で国賓級の扱いを受けていた。ヴェロニカの旅行が中止になり、スケジュールに空きができたことを知った町の小学校長が、すかさずオファーしたそうである。政府の要人並みに次々と公務をこなしながらも、疲れを見せないヴェロニカのことを、詩織は称賛した。政太もそのとおりだと言って賛同した。ヴェロニカは話の内容をどの程度理解できていたのか不明だが、政太と詩織のやり取りを澄まし顔で聞いていた。

「暑いな――」

政太がそう言うと、ヴェロニカが携帯用扇風機を政太の首に当てた。首筋が急に冷やされて、政太はぶるっと身震いした。

「ドウ……?」

ヴェロニカが言った。

「気持ちいいよ。ありがとう」

と政太は答えた。ヴェロニカは、携帯用扇風機を、政太、詩織、自分の順番に顔に近づけた。それを数秒ごとに二周三周と繰り返した。

「優しいよね。ヴェロニカ」

と詩織が言った。

「うん、優しいよね」

と政太が答えた。政太はエコバッグを探って、アイスの箱を取り出した。箱を開けて、アイスを二本摑むと詩織とヴェロニカに一つずつあげた。

「私たちが貰(もら)っていいの?」

と詩織が申し訳なさそうに聞いた。

「全然いいよ。車に乗せてもらったし、それにアイスがもう溶け始めているから」

「そう……ありがとう」

「アリガト」

ヴェロニカは、スイカ味のアイスを興味深そうに見つめた。アイスがスイカの色形をしているのが珍しいらしい。ヴェロニカは、詩織が食べるのを眺めた後で、アイスの先端を口に含んだ。味が良かったらしく、ヴェロニカが微笑んだので、政太はホッとした。政太は詩織に頼んで軽トラを一旦止めてもらった。軽トラは田園の真ん中で止まった。エンジン音が止んだせいで、蝉の声が大きくなったように感じた。政太は箱からアイスを二本出して、軽トラの荷台から降りた。

「どうぞ」

と言って詩織の祖父に一本差し出した。詩織の祖父は、運転席から降りて、麦藁帽子を被った。作業着から土の匂いがした。詩織の祖父は、ポケットからウエットティッシュを取り出し、丹念に手を拭くと、助手席の足元にあったゴミ箱に捨てた。そして、マスクを外すと丁寧に畳んで、上着のポケットにしまった。眩しそうに政太を見つめると、

「悪いね」

と言って、アイスを受け取った。

「とんでもありません。乗せていただいてありがとうございます」

政太はそう言って、自分でもアイスを一本銜（くわ）えた。詩織の祖父は、アイスを口に含むたびに、「うまい」と何度も言った。荷台では、詩織とヴェロニカが何やら英語で会話をして盛り上がっていた。不意に、田んぼのあぜ道から一人の老人が現れた。老人は、タンクトップに汚れた作業ズボンを穿いている。無精ひげを伸ばし、禿げ上がった頭を、陽（ひ）に光らせている。額と眉間には深い皺（しわ）が何重にも折りたたまれていて、訝（いぶか）しそうに政太らを睨んだ。詩織の祖父の表情が、一瞬にして曇った。

「全くけしからん!!　不謹慎だ!!　コロナが流行っているのに、のこのことこの町にやってきやがって！　ウイルスをこの町にばら撒くつもりなのか!!　今すぐ国に帰れー!!」

老人が急に大声で怒鳴り出した。政太はあっけにとられた。詩織の祖父が、老人を睨み返して、

「あっちに行け!!」

と怒鳴り返した。詩織は、荷台の上で怯えていた。両手を頭に置いて丸くなっている詩織の肩を、ヴェロニカがそっと抱いた。政太はまずいと思って、

「行きましょう！」

と詩織の祖父に行った。詩織の祖父は、政太に車に乗るように手で合図を送ると、無言で運転席に乗り込んだ。老人は、軽トラの荷台に摑みかかって、

「コノヤロー!!」

と叫んだ。ヴェロニカは、老人のほうに体を伸ばした。ヴェロニカが自分の顔を老人の顔に近付けたので、老人は怯んで半歩後ろに下がった。政太はヴェロニカの行動にドキッとして、自分のアイスを地面に落とした。ヴェロニカは、食べかけのアイスを、老人の口に押し込んで、

「オイシイヨ」

と言った。老人はアイスを噛んだまま、あっけに取られている。政太は、急いで荷台に上がると、アイスの箱を摑んだ。箱には、半分溶けたアイスがまだ三本残っていた。政太はその箱を老人の手に押しやった。

「それじゃあ」

と政太は老人に言った。老人は虚ろな目をしたまま、口からアイスの赤い汁を垂れ流している。それが、顎先から滴って白いタンクトップに赤いシミを作った。それでも、老人は全く動かなかった。しばらくして、軽トラがゆっくり走り出した。老人は排気ガスを吸

い込んで、二つ三つ咳払いをした。老人が口から吐いたアイスのかけらが、音もなく地面に落ちた。老人は両手で抱えたアイスの箱を、ゆっくりと見つめた。箱の中身を確認すると、老人は顔を上げた。軽トラは、もう老人の目に小さくなっていた。

八

プールに行く小学生の列が政太の自宅の前を歩いてきた。庭に並んだヒマワリが、小学生の一行を見守っている。政太の祖母がホースで庭の草花に水をやっている。小学生の班長が、祖母に向かってあいさつをした。他の子らが、それに続いて声を出す。祖母は、顔を上げてうれしそうに小学生に何か言葉を掛けている。

政太は自分の部屋で一人、暇を持て余していた。ケータイのＬＩＮＥやメッセンジャーを確認したが、誰からもメッセージはなかった。タイムラインに詩織が飼い猫の写真を載せていたので「いいね」を押した。他に目新しい記事もないので、政太はケータイを放って、ベッドに仰向けで寝転んだ。今日は部活が休みなのだ。なんでも、今日は職員研修というものがあるらしい。先生の話だと、教育委員会から、なにか偉そうな感じの人が来て、なにか偉そうなことを言って帰っていくのだそうだ。

「大変ですね」

と政太が言うと、

「まあな」

と先生は答えた。政太は夏休みの宿題で出された読書感想文でも書こうかと考えた。母が仕事で家にいなかったので、母の部屋の本棚をあさってネタを探した。その中に「偉才！」というタイトルの本があった。何気に手に取ってみると田中角栄について書かれた本らしい。田中角栄が偉才だということは、エジソンが天才だと同じことで、全国民がとっくにご存じの事実である。なぜに作者は、今更本のタイトルにしたのだろう……と思いつつ、政太はそれを本棚に戻した。「夏の○○」「○○の夏」「サマー○○」というような、今の時期に合ったタイトルの本を二、三冊選び、その中の一冊を持って部屋に戻った。退屈さを紛らわすにはいいだろうと思って読み始めた。十分ほど読んだ。本の内容がつまらな過ぎて政太は死にたくなってきた。再び母親の部屋に戻って、別の本を探そうかとも思ったが、気が乗らなかった。ハズレ本を選んでしまったことでやる気が削げたのだ。

「そう言えば、今朝のテレビの占いでオレの星座は最下位だったな……」

そう呟（つぶや）くと、政太は台所に向かった。棚からグラスを出してキッチン台に置くと、冷蔵庫から麦茶のボトルを取り出した。その時、窓から入ってきた雨粒が政太の右肩を刺した。

「冷たっ！」

政太は、麦茶のボトルを危うく落としそうになった。ふと窓の外を見ると、町は夕闇のように暗い。遠くの景色が霞んで霧が出てきた。するとゴオオオと唸るような風が吹いてきた。その直後、網戸を通して雨粒のしぶきが銃撃部隊の一斉掃射のように室内に撃ち込まれた。バタバタバタバタッというアップテンポのビートが鳴った。周りを見渡すと、リビングの窓からも雨粒が入り、カーテンやカーペットを濡らしている。政太は麦茶のボトルをキッチン台に置くと、急いで台所の窓を閉めた。その後、家中を回って、開いている窓という窓を全部閉めた。そして乾いた雑巾で、室内に入った雨水を拭いた。拭き終わると、政太はホッとして台所の自分の椅子に座った。麦茶を飲みながら、「そういえば爆弾低気圧が近付いているって、今朝のニュースで言ってたな……」と今更思い出した。

「政太ー!!」

玄関から、政太を呼ぶ祖母の叫び声がした。

「あっ！」

政太は慌てて立ち上がると、玄関に急いだ。祖母が庭に干してある洗濯物を家の中に取り込んでいた。

「手伝ってくれ」

肩で息をしながら、祖母が言った。祖母の頭は雨のシャワーを浴びて、髪が頭皮に張り付いて小さくなっている。

「うん。オレが外の洗濯物を中に入れるから、おばあちゃんは部屋の衣紋(えもん)掛けに干して」

政太は、クロックスのサンダルに爪先を突っ込んで、外に飛び出した。玄関を出た途端、横殴りの暴風で後ろに押し戻された。風はわずかの間に急に勢いを増していた。方々からガサガサと葉の擦れ合う音がうるさく響いた。政太は前のめりで、風に向かって走り出した。急に目の前が光ったかと思うと、雷の轟音がとぐろを巻いて空から降りてきた。雨粒が目に入らないように目を細めながら、洗濯物を取り込んだ。洗濯物には、飛んできた葉や砂がこびり付いており、「洗い直しだな」と政太は思った。ヒマワリは暴風に揺られて、メトロノームのよう体を振っている。背の低い庭の草花は、間断なく雨に頭を叩かれて、すっかりしょげている。

政太が洗濯物を両手に抱えて玄関に戻ろうとした時、ズゥウウンッという地響きが、彼方から足元を伝って胸に上がってきた。視界がぶれて家が二重に見えた。何か嫌な予感がした。政太は洗濯物を玄関に放ると、地響きのした方角に向かって走った。自宅から三百メートルほど離れた山道で土砂崩れが起きていた。舗装された道路が土砂で埋まって道をふさいでいた。えぐられた山肌が大きな口を開けて、政太を見下ろしている。

「被害者がいなければいいけど……」

普段は交通量の少ない道で、歩行者も稀であった。近くに民家などの建物もない。小学校のプールへ向かう道は、この道ではない。ただ、念のためと思って、政太は崩れた土砂にゆっくり近付いてみた。

その時である。政太は、土砂の上に片手が飛び出しているのを発見した。真っ白な若い女の手である。雷が続けて落ちた。白い手が、白黒に点滅した。白い手には、紫の血管が透けて見えている。爆弾が破裂したかのような雷音が四方から響いてきた。恐怖で足がすくんだ。

自宅に戻って警察に電話するべきかとも思ったが、それでは間に合わないような気がした。危険だが、自分が助けるしかない。政太は覚悟を決めた。

体が震えて上手く前に進めなかったが、何とか土砂によじ登った。政太はいつの間にか自分が裸足になっていることに気付いた。が、どこでサンダルが脱げたのか政太自身、皆目見当もつかない。ふくらはぎまで泥が付いている。

　政太は土砂の上で力士がしこを踏むように屈(かが)んで、両手で白い手を摑んだ。すると、その美しい手が微かに政太の手を握り返してきた。生暖かく、ぬるっとした感触にゾッとして、背筋に電流が走った。この女の助けを求める悲痛な叫びが、政太の中に飛び込んできたように感じた。政太は全力で両手を引いた。が、滑って尻もちをついてしまった。起き上がって、踏ん張ると、政太は再び白い手を全力で引っ張った。しかし、両足が土砂にズルズルと吸い込まれていくばかりで、一向に引っ張り上げることができない。白い手が握り返してきたのは最初の一回だけで、もう何の反応もなかった。気が付くと政太は、へその辺りまで土砂に浸かっていた。

　政太は一旦あきらめて、土砂の上に這い上がった。そして家に向かって一目散に駆け出した。暴風雨は容赦なく政太に襲い掛かった。しかし政太には、もはやそれを意に介する余裕などなかった。背後で何か鈍い音がしたような気がしたが、政太は振り返らずに走った。後で分かったことだが、政太は足の裏を七カ所切っていた。そのうちの二つは傷が深く、医者で三針、四針それぞれ縫うこととなった。自宅に戻ると、政太はケータイで救助隊を呼んだ。

　そして、ケータイを摑んだまま現場に戻った。空は灰色の雲を波打たせて、今にも落ちてきそうである。風が唸り声を上げて政太の体を倒しにかかってくる。政太は風に負けまいと仁王立ちになって土砂の上に立った。白い手を捜したが見当たらなかった。サイレンの音が遠くから聞こえてきて、救急車と警察がいっぺんに来た。政太は警察官に事情を説明した。すぐにスコップを持った警官が、政太の言った辺りを掘り始めた。政太は他の警察官に片腕を抱えられて、土砂の外に連れていかれた。

　気が付くと、周りに二十人ほどの大人がいて、バリケードを張ったり、無線で連絡を取ったりと忙しく動いていた。政太はパトカーに乗せられて、町の病院で足の怪我の治療を受けた。その後、警察署で事情聴取を受けた。それが終わると迎えに来た母の車で自宅に戻った。

　自宅の玄関扉を開けて、政太は驚いた。玄関からリビングにかけて、床が政太の足裏から流れた血で汚れていたからである。殺人現場のような床の血痕を、祖母が丹念に拭いている。髪を乾かす余裕もなかったのか、祖母の髪はねじれて方々に乱れていた。時計を見ると夜の八時を過ぎていた。政太の掌には、握り返された白い手の感覚がまだ残っていて、意識するたびに心が不安定になった。兄は政太の足が縫われたことを聞くと、名誉の負傷だと言って喜んだ。

夜の九時半頃、警察から連絡があった。土砂の中から、人は見つかっていないとのことだった。今、周辺で行方不明者がいないかどうか、調査を進めているそうである。今日の捜索は一旦打ち切り、また明朝、捜索と現場復旧を進める手筈だそうだ。警察は最後に、通報してくれた政太に対して謝辞を述べ、電話を切った。

翌朝、嵐は去っていた。蝉の合唱が再び始まった。政太はほとんど眠れずにいた。昨夜の出来事が頭にこびり付いていたのと、足の痛みとのせいだった。政太の母は、学校に部活の欠席連絡をすると、車で政太を医者に連れて行った。土建業の兄は、土砂崩れの復旧作業のため、早朝から家を出て行った。政太は医者から処方された痛み止めの薬を飲んで、一日安静にしていた。

その日の夜、帰宅した兄は土砂の撤去に四、五日かかると言った。政太は二つの理由から最悪の気分であった。一つ目の理由は、医者に二週間の運動停止を命じられたことである。それはもう、部活動でヴェロニカに会えないことを意味していた。ヴェロニカに会う機会を設けるための口実を、一日中模索して、神経をすり減らした。二つ目の理由は、土砂に埋もれた女が見つからないことだった。行方不明の捜索願いも出ておらず、町では政太の見間違いではないかという不名誉な噂が密かに囁かれているらしかった。母が近所の人から聞いたらしい。土砂に埋もれているなら、もう女はこの世のものではないから、噂が本当であればいいのにと政太は願った。自分でも白昼夢だったと思い込もうとした。だがそれは無理だった。あまりにリアルな白い手の感触を忘れることができなかったのである。そこで政太は、女があの後自力で脱出したという僅かな可能性を信じることにした。政太は「あの女は逃げたんだ」と自分の心に繰り返しマントラのように言い聞かせた。

九

政太は何もせずに自宅で数日を過ごした。時々ケータイをチェックしたが、誰からもメッセージは来なかった。母や祖母が足の傷を心配して慰めの言葉を毎日かけてくれた。そのたびに「大丈夫。ありがとう」と抑揚なく答えたが、政太は内心有り難かった。

そしてとうとう明日、ヴェロニカが帰るという日になった。午前中、政太はベッドの上で死人のように寝ていた。エアコンの静かな音が部屋に流れていた。レースのカーテンを通して、弱められた日光がほどよく部屋に満ちている。室内は、写真のように一切が静止している。今頃は部活動で、ヴェロニカのお別れ会をやっているのかと思うと寂しかった。そして、ヴェロニカに会いに行く意気地のない自分の女々しさが情けなかった。部屋のドアがノックされた。

「昼飯」

ドアの向こうから祖母の声が聞こえた。時計を見ると、ちょうど十二時であった。政太は急に空腹を意識した。朝食を食べていなかった。ベッドから起き上がると、ケータイが鳴った。メッセージを確認すると詩織からだった。

『今日の夜、家で花火するけど来る？』

『もちろん』

政太は、秒で返した。五十秒ほど、ケータイの画面を睨んでいると、詩織からの返信が来た。

『じゃ、夜七時に家に来て』

政太は、ＯＫのスタンプを押した。すぐに既読が付いた。政太は飛び上がってガッツポーズをした。ドンという着地音がした時に、足の裏からむず痒い痛みが上がってきた。快感だった。政太は財布を掴むと、飯を食わずに家を飛び出した。

町のコンビニまで自転車をこいだ。店のドアを開けると、冷気がサアーッと降ってきた。政太のこめかみがキーンと鳴った。

「やあ、政太君」

顔なじみの店員が政太に声をかけた。

「どうも」

「足、大丈夫?」

「はい、大丈夫です」

そう答えた途端、足元から痛みがジンジン込み上げてきた。政太は痛みをこらえながら、微笑んだ。

「そうか。よかった。残りの夏休みを楽しんでね」

「はい」

政太は、何種類かの花火を買った。帰り道で、政太はヴェロニカと一緒に花火をするのを想像した。無意識に口元がゆるんでいた。自宅の玄関で靴を脱ぐと、足の裏を見てみた。案の定、白い包帯の上からうっすらと血が滲んでいた。仏間で祖母が、仏壇に手を合わせていた。台所に行くと、仕事でいないはずの母が立っていた。政太は戸惑った。嫌な予感が政太の頭を過った。母は政太に気付くと、唇を震わせながら、ゆっくりと話し出した。

「さっき、警察から連絡が来たのよ」

土砂の中で、女の遺体が見つかったということだった。政太は部屋に籠って泣いた。テレビでは、ブルーシートにくるまれた遺体の運び出される様子が、繰り返し報道された。母と祖母はリビングでそのニュースに見入っていた。

「正敏だ。正敏」

兄がテレビの端に小さく映るたびに、祖母が無邪気に呟いた。政太はテレビを見なかった。

日の暮れる頃、また警察から電話が来た。母が電話に出て話を聞いた。遺体の身元が判明したそうである。久留米実咲(くるめみさき)という十八歳の女子高校生である。東京から来た家出少女。親との諍(いさか)いから家を飛び出して、この町に来たらしい。なぜこの町を選んだのか、理由は不明だという。この町を嵐が襲った時に、たまたま山道を歩いていて不運にも土砂崩れに巻き込まれたと見られている。警察は不慮の事故として、対応を続けるとのことであった。警察は最後に母にお礼を言って電話を切った。

政太の恐れていたことが遂に現実となった。少女を救ってやれなかったことが悲しかった。母や祖母が、

「政太は悪くない」

と言った。政太はそのとおりだとも思ったが、助けられなかった自分の無力さが悔やまれた。政太の落ち込んだ様子を見て、詩織の家に行くのはやめたほうがいいと祖母が言った。母も、こんな様子では先方も気を使うし、迷惑だろうからよしたほうがいいと言った。

政太は承知した。母は詩織の家に電話した。その後、政太のケータイが鳴った。政太は、詩織からのメッセージであることに気付いたが、中身を確認する気になれなかった。夕食の時間になって、母が政太を呼びに部屋に来た。政太は黙ってベッドに寝ていた。母は何度か食事をとるように政太を促したが、政太が何の反応も示さないのであきらめた。

兄が興奮した面持ちで帰ってきた。リビングで夕食をとりながら大声で話しているのが、自室にいる政太にも聞こえた。政太の腹が、ぐぅーと力なく鳴った。兄が夜になって、道路の復旧を全て終え、現場から撤収をしていた時に、それは起こった。流星群が見えたのだという。一つの流れ星ではなく、五つも六つも一刻に星が流れて、夜空が一面明るい紫色に輝いたのだという。それがとても幻想的で美しく、現場の作業員はみんな感動したそ

うである。あれは天に昇った少女の御霊が起こした奇跡に違いないと、兄は確信しているらしかった。

翌日、K町の駅は令和始まって以来の混みようであった。駅のホームでは、ヴェロニカを見送るために、大勢の人が集まっていた。みんな暑そうにマスクをしていた。各々がうちわだの携帯用扇風機だのを手に持って、自分なりの方法で暑さをなんとかやり過ごしていた。町長が代表してあいさつの言葉を述べ、ヴェロニカが集まった人たちにお別れの言葉を言った。アフリカから日本に来て、日焼けしたと言った時に、一場から笑いが起こった。ヴェロニカは浴衣を着て、黄色の帯をしめていた。浴衣には赤い金魚が何匹も描かれていて、水色の生地の上を涼しそうに泳いでいた。浴衣の裾から、長い脛が伸びていて、その先には白いグルカサンダルがはまっていた。

お見送りの式が終わると、電車が出発するまでの時間に、みんながヴェロニカとの別れを惜しんだ。集まった中学生や先生とヴェロニカは別れの言葉を掛け合っていた。詩織と彼女の両親は、ホストファミリーとしての最後の責任を果たすため、ヴェロニカを空港までサポートすることになっていた。詩織の両親は、ヴェロニカの分の荷物も電車に積み込むと、早々と車内の指定席に座り、窓の外からホームの様子を悠々眺めていた。ヴェロニカの傍らには、詩織がセキュリティサービスのように付き添って、写真や握手の仲立ちをしていた。いつの間にかヴェロニカの前には制服を着た中学生の行列ができていた。その様は、懇親会の席で、社長にビールを注ぐために順番を待つサラリーマンの情景を思わせた。

行列に並んだ政太は、うちわを持っていなかったが、代わりに大きなビニール袋を持っていた。焼けるような太陽の熱光を受けて、政太の首筋に玉のような汗が浮かんだ。けれども、政太は暑さを忘れていた。

「次の方」

詩織が言った。タレントのサイン会じゃないんだからと思いながら、政太が前に出た。

「昨夜は花火に行けなくてごめん」

と政太が言うと詩織が答えた。

「いいのよ。あんなことがあったんだもの。ショックだよね」

「花火は盛り上がったの？」

「うん、次郎や、麻美たちも来てくれたんだ」

「エチオピアにも花火はあるのかな？」

「打ち上げ花火はあるみたいだけど、家庭で楽しむような小さな花火はないみたい」

「そう。ヴェロニカも花火をやったの?」

「うん。後で写メ見せてあげる」

政太は、さっきからヴェロニカに話しかけているつもりだったが、詩織ばかりが答えた。ヴェロニカは政太と真向かいで立っていたが、視線を横にそらしていた。

「これ」

政太は持っていたビニール袋をヴェロニカに差し出した。

「アリガトウ」

ヴェロニカは両手で袋を受け取った。袋の中には、政太がコンビニで買った花火が入っていた。ヴェロニカは、袋の取っ手を広げて中を確認したが、表情を変えなかった。

「サヨウナラ」

ヴェロニカは政太のほうを見て、爽やかに言った。ヴェロニカはマスクをしたまま、目で微笑んだ。政太も反射的に微笑んで、

「さようなら」

と言った。

「はい！　皆さん‼　記念撮影するので並んで‼」

町役場の広報のおじさんが叫んだ。

「ええっ？　オレたちは？」

政太の後ろに並んでいる誰かが言った。

「また後で、時間取るから！」

と広報が言った。一同はヴェロニカを囲って写真を撮った。その後、再びヴェロニカの前に列をつくった。政太はホームの後方に立って、少し離れたところからヴェロニカを眺めた。

「政太！　久しぶり。宿題終わったか？」

横から、次郎が話しかけてきた。

「いや、まだだけど」

「明日オレの家で一緒にやろうよ」

そう言って、次郎が肩を組んできた。

「ああ」

政太は次郎の腕を暑苦しく感じたが、そのままにした。

「それと、鈴本や坂田も家に来ることになってるんだ」

「そうなんだ」

「ああ、最近あいつらと会った？」

「いいや」

「そうだよな。部活が違うと、夏休み中は全然会わなくなるよな」

「それなー」

急にホームがざわついた。政太が気付くと、ヴェロニカも詩織も、もう電車に乗っているらしく、姿が見えない。ホームの黄色い線に沿って見送りに来た人たちの列ができていた。

「ちょっとごめん」

そう言って次郎を振りほどくと、政太は列に近付いていった。ベルが鳴って電車が動き出した。みんな一斉に手を振りだした。手に交じって、幾つもの日本とエチオピアの国旗が揺れた。窓からヴェロニカが上半身を乗り出して、左手を大きく振った。政太は眼を凝らして、ヴェロニカの表情を見極めようとした。しかし、逆光でヴェロニカはほとんど黒いシルエットにしか見えなかった。ただ、白いマスクだけが目に焼き付いた。政太はヴェロニカに向かって両手を振った。電車はだんだん小さくなっていった。

「電車から手や頭を出しちゃいけないんでしょ」

政太の前にいた小学生が、隣の母親に小声で言った。母親は、子どものほうに顔を向けると、黙って頷いた。

政太は再び視線を線路に戻した。もう電車は見えなくなっていた。やがてぞろぞろとホームから人が散り出した。政太は次郎のことをすっかり忘れて、そそくさと帰ってしまった。

政太は自宅に着いて、マスクを外した。手に持ったマスクが柔らかくふやけているのに気付いた。不織布生地を通して指が透けて見えた。汗にしてはおかしいと一瞬思った。政太は、この時自分が泣いていたことに気が付いて、びっくりした。いつから自分は泣いていたのだろうと思い返したが、まるで見当もつかなかった。

十

ヴェロニカはタイフーンであった。退屈な町に、一大センセーションを巻き起こし、政太の心を引っ掻き回した。そして、鮮やかに去って行った。町は再びかつての静けさを取り戻した。いや、町はヴェロニカロスで一層静かになったといったほうがいい。

政太は自宅のベランダの欄干にもたれ掛かって、うちわを片手に夕涼みをしていた。政太の心は空っぽになってしまって、機械仕掛けのおもちゃみたいに、うちわを握った手をただ左右に動かしていた。

焼けた空に、薄い雲が煙のように浮かんでいる。色濃くなった日本海に日が沈む。遠くから潮の匂いと波の音がゆっくりと流れてくる。波の音は言葉のない悲しいリリックで、潮の匂いは海辺の貝殻の思い出を政太の脳裏に甦らせた。太陽はもうほとんど海に浸かって、間もなく飲み込まれそうだ。政太には、太陽が最後の力を振り絞って、燈色の光を精一杯放っているように感じられた。政太にとって見慣れた風景だったはずのものが、非常に美しく感じられた。不意に、とめどもなく涙がこぼれてきた。うちわで仰ぐと、熱をもった涙目が涼しい。遠くから打ち上げ花火の音が聞こえてきて、それが政太の胸を打った。政太は、ベランダのはしごをよじ登って屋根の上に出た。どこかから、また花火の破裂音が聞こえてきた。政太は屋根の上から、八方を見渡して花火を探した。南西の方角を見ると、花火の輪が彼方に小さく見えた。潤んだ目をごしごし擦った。指が震える。目頭がまた熱くなってきた。水平線の果てに、白光が指環みたいにパラパラと煌めいて、瞬く間に消えた。

終わり

湯あみ

一

全国屈指の古湯として知られる湯河原温泉。南は熱海、西は箱根、北は小田原に面し、名立たる温泉郷の中心に位置する。長い歴史の中で、江戸時代から多くの武将がこの地で傷を癒した。スペインの探検家、かのポンセ・デ・レオンが探し求めた伝説の泉。この地はその東洋版といってもよい。ナトリウムやカルシウムを豊富に含んだ弱アルカリ性の湯質は、神経痛、関節痛など百の病に効くといわれ、遠方からこの奇跡の温泉を求めて集う旅人が後を絶たない。硫黄臭さのない無色透明な湯は、聖母なる大地が産み出す清麗を象徴している。この湯に浸かる者は、何人も分け隔てなく安らぎを与えられる。そして湯から上がる時には、体の内側から命のエネルギーが湧き上がってくるのを感じるのだ。

夏は山ユリが咲き、湯河原の街は馨しい花の香りに包まれるのだが、今は冬で、磯の匂いが薄っすらと街に漂っている。太平洋に面して、ビーチラインが蛇行しながら続いており、その先に真鶴岬が素槍の穂のように突き出している。真鶴港は漁業が盛んで、地魚グルメの魅力はもちろん、温泉に浸かりながらでも漁船の警笛が聞こえてくるのは趣深い。

街の所々から湯けむりが昇っていて、東海道新幹線の車窓からでも見ることができる。この地が温泉街であることを、年中乗客に教えている。近年は、外国人旅行者も多く見られるようになってきた。高齢化が進み住民の数は減少傾向にあるが、それとは対照的に観光客が増えていることから、街には昔と変わらない活気がある。

湯河原駅では、巨大なクリスマスツリーの撤去作業が行われていた。作業着にボアの付いた帽子を被った町役場の職員が、横に倒した大木に巻かれたイルミネーションライトを黙々と外している。駅舎を特徴づける木組みの大屋根は、朝日を受けて光と影の縞模様を地面に付けている。高校三年生の川本湊（かわもとみなと）は、その様子を横目でちらりと見やると、さして興味も示さずに予備校への道を急いだ。受験生の彼にとってはクリスマスを楽しむ余裕がなかったし、何より寒かった。駅を出て信号を待っていると、太平洋から吹いてくる冷たい風が襟元や袖口から抜け目なく入ってくる。湊はブルッと体を震わせた。そしてチェスターコートの上から羽織ったマフラーを、しっかりと巻き直した。

「よお！　湊」

湊に声を掛けてきたのは親友の窪塚賢助（くぼづかけんすけ）だ。

「おはよう。賢助」

賢助は湊と同じ高校に通う同級生で、二年生の時にクラスが一緒になってから急に仲良くなった。

「温泉旅館でバイトしないか?」

賢助は、両手を黒いダウンコートに突っ込みながら、唐突に湊を誘った。冬休みが始まって間もないが、大学入試を間近に控えた湊にとって、バイト三昧だった去年とは打って変わって心に余裕がない。断ろうかとも思ったが、祖母のことが湊の頭を過った。昨年、シングルマザーの母を亡くした湊は祖母と二人暮らしだった。祖母の年金だけでは生活がままならず、生活保護を受けていた。湊は常にお金に餓えていた。湊がお金に苦労していることは賢助も知っており、時々バイトに誘ってくれるのだった。賢助の紹介で、夏休みにやった魚市場でのバイトは、短時間労働にも拘らず、いいお金になった。それに売れ残った魚を持ち帰ることができたので、祖母も喜んだ。東京の大学を受験する予定の湊にとっては、上京してからの一人暮らしにかかる費用や学費の心配があった。当然奨学金を申請するつもりではあったが……。

信号が青に変わった。湊が黙って歩き出すと、賢助は湊が迷っているのを察して言った。

「いや、無理ならいいよ」

「ちょっ、ちょっと考えさせて。いつもありがとう」

湊がそう答えると、賢助は一言付け足した。

「それに、旅館の会長の孫娘さんがすごく美人なんだよ。うちの学校の女子には、見かけないタイプの娘さ。『柳葉（やなぎば）』っていう、有名な旅館なんだけど。湊も名前くらいは知っているだろ?」

「うん」

そんな会話を二言三言交わしていると、二人は「天導進学予備校湯河原駅前校」に着いた。今日から冬期講習が始まるのだ。祖母が内職をして、湊が予備校へ通うための費用を工面してくれた。湊は祖母への感謝をかみしめながら、予備校のビルを見上げた。二階の窓に「ガンバレ受験生！　春は近い！」と書かれたピンクのパネルが貼られている。湊はまじまじとそれを見つめてから、気合いをいれて中に入った。ビルに入ると、過去の有名校への合格者の写真やら、実績やらの書かれたポスターが、壁にびっしりと貼られている。十人ほどの受講生の姿が見えた。ある者はポスターに顔をくっつけるようにして、細かい字で書かれた昨年度の受験合格者のコメントを熱心に読んでいる。その他数人の受講生が受付に並んでいる。彼らも今日から受講するのだろう。湊と賢助は列の後ろに並んだ。受付の左には、喫煙コーナーが設置されている。透明な壁で囲われた四畳半ほどの小部屋で、中は外から丸見えになっている。室内は、中央に円柱状の灰皿が置かれていて、脇に観葉植物が置いてあるだけのシンプルなものだった。そこで、一人の青年が、うまそうに一服している。無精ひげを生やし、長髪を後ろで束ねている。ウール百パーセントの艶色のよいスーツを着て、胸元の真っ赤なシルクタイが鮮やかに光っている。煙草を持った手には、18Kゴールドの時計がはまっている。塾の講師だと湊は思った。その時、賢助が湊の肩をポンと叩いて、その青年のほうに顎を向けた。

「あそこでタバコ吸ってる奴がいるだろう。あいつも旅館で働いているんだよ」

「『柳葉』旅館で？」

「いいや。そこじゃない。あいつが働いているのは、『LUXD（リュークス）』っていう旅館」

「リューク……。あっ、何か聞いたことある」

「そこも高級旅館さ。元は『雲隠（くもがくれ）』っていう老舗旅館だったんだけど、一昨年リフォームして洒落た名前に変えたんだよ。和の旅館なのにリュークスって受けるよな。ラブホじゃあるまいし。クククッ」

「あの人は、塾の講師と掛け持ちしているのかい？」

湊がそう訊ねると、賢助はツボにハマったらしく、眉間に皺を寄せて苦しそうに笑いをこらえて肩を震わせた。

「いいやっ。あいつは、受講生だよ」

「受講生？　若いけど、二十代後半ぐらいだろ？」

「うん。七浪しているんだよ。七浪！　いや八浪だったかな……」

「マジ？」

「マジマジ。あいつ『リュークス』の跡取り息子で、金は持ってんだよ。だから左うちわで何年でも浪人できるのさ。早稲田を目指しているらしいけど、入る気あるのかな？　いつも講義の時寝ているしさ」

その時、リュークスの跡取り息子が喫煙コーナーから出てきた。彼は、賢助を見ると右手を上げて、

「よおっ、窪塚」

と声を掛けてきた。

「あっボス！　お疲れ様です」

ボスと呼ばれた男は、湊に気付くと賢助を見て、

「誰コイツ？」

と言ってきた。

「あっ、彼は川本湊っていいます。オレの高校の同級生です」

「へぇー。じゃ、高三ってことだよね。もうすぐ入試なのに、今頃予備校に来たの？　大丈夫？　間に合う？」

「あっはい。頑張ります。どうも、初めまして」

湊はそう言って、会釈した。

「オレ、沼池志津夫（ぬまいけしづお）。ヨロシク」

そう言って、沼池は右手を出して握手を求めてきた。

「よろしくお願いします」

湊はそう言って沼池の手を握った。その瞬間、物凄い力で湊は手を圧迫された。

「痛てて」

思わず湊が言うと、沼池は歯を剥き出しにして笑った。

「冗談冗談。ハハハハハ！」

そう言って手を離すと、沼池は体を翻し、教室に入っていった。湊と賢助は、沼池の後ろ姿を茫然と眺めた。

「次の方！」

湊の背後から声がした。気が付くと、受付の前には誰もおらず、事務員が手で湊を招いている。

受付を終えて教室に入ると、同級生の名立初海が湊たちに向かって右手を振った。手の動きに合わせてショートカットの髪が、ふわっと揺れた。初海は高校の制服を着て、右手に黒いボストンバッグ、左腕に白いダウンジャケットを挟んでいた。三人は、最後列の端にある一つの長机に並んで腰を掛けた。初海が賢助に向かって話しかけた。

「昨日はお疲れ」

「お疲れ」

「肩凝ってない？」

「凝ってる」

「私も。一日中、布団の上げ下ろしするのきついよねー」

湊は驚いて尋ねた。

「えっ、もしかして初海も『柳葉』でバイトしてるの？」

「そうだよ」

「今度から、湊も一緒に働くことになったから」

賢助が勝手に言った。

「やったー！　うちら三人が一緒だったら絶対楽しいよね」

「うっうん」

初海の勢いに押されて、思わず湊はノリでそう言ってしまった。

「そういえばさ。昨日また沼池が旅館に来たのよ」

「マジ？　またあいつ、大原さんを口説きに来たの？」

「ホント。懲りないよね」

初海は湊に向かって、

「あっ沼池っていうのは、あそこにいるチャラそうな人のことね」

と、中央の中央列に座っている沼池の背中をシャーペンで指して言った。

「うん。さっきあの人と会ってあいさつした」

「うざいでしょ」

「若干」

湊は正直に答えた。

「あのね、『柳葉』には、旅館の会長の孫娘さんが働いてるの。うちらと同級生なんだけど、超可愛いんだよ」

「そう、さっきオレが言ってた娘」

賢助が割って言った。賢助と初海は湊に大原聖子(おおはらせいこ)という娘についていろいろと話した。どうやら、沼池という男は聖子という娘に気があって、ちょいちょい「柳葉」に出入りしているらしかった。「柳葉」と「リュークス」の会長は年来の知人で、沼池と聖子とは幼馴染みらしい。昔は聖子のほうが沼池に憧れていたらしいのだが、近年は立場が逆転したのだそうだ。さすがに湊も、聖子という娘が少し気になってきた。初海が湊の気持ちを読んで、ポケットから iPhone を取り出すと聖子の写メを湊に見せようとした。その時、塾の講師が教室に入ってきた。初海は慌てて iPhone をしまったため、湊は聖子の写メを見逃した。

講義が終わると、初海は聖子の写メのことなどすっかり忘れていたし、湊もそれを初海に尋ねるほどの意欲もなかったため、そのまま予備校を出た。

二

　湊は、賢助と初海と別れて帰路を一人で歩いていた。湯河原町役場を越えて、東海道本線を西に見ながら、通い慣れた道を通った。ノート型パソコンの入ったショルダーバッグの重みが、片方の肩に重くのしかかって痛くなった。時々、右肩から左肩へとショルダーベルトを動かして左右に加わる重みのバランスをとった。夕日は城山のほうへ傾き、湊の前を長い山の影が覆っている。湊は左折して五郎神社へ続く長い坂道を登っていった。夕日が逆光になって、湊の目を刺した。湊は俯きながら、野球部で鍛えられた足腰で粘り強く歩いた。踏切を越えて、宮渡橋の手前に差し掛かった時だ。湊は、遠くから誰かの泣く声を聞いた。

　立ち止まって、辺りを見回した。郊外の道は翳（かげ）りゆく木々に囲まれていて淋しい。人影は見えない。近くに民家はないのであったが、泣き声は確かに聞こえる。陽は半分山に隠れて、辺りは夕暗に暮れてきた。泣き声は、どうやら先に見える竹林の奥から聞こえてくるらしいことに気付いた。湊は心配になって声のするほうへ進んだ。思いきって竹林に足を踏み入れると、そこには若い女の後ろ姿があった。ベージュのコートの上から赤いチェックのマフラーを巻いている。マフラーのカシミヤ生地の柔らかな繊維が、暗がりの中で優しく光った。年格好から二十歳前後と湊は判断した。大人が泣いているのかと思って焦った。

「どうしましたか？　大丈夫ですか？」

　そう言って、女の元へ駆け寄ると、女の前に、泣きじゃくった少年がいるのを認めた。少年は、黒いスタジャンにドジャースの真っ青なベースボールキャップを被っている。鍔（つば）の下から、少年の涙が光った。少年は湊に向かって話し出した。

「猫を追いかけて来たんだけど、竹藪に入っていって見失ってしまったの」

「飼っている猫なのかい？」

「飼っているっていうか……勝手に居ついてしまったというか……」

「そうか、それで君は泣いているんだね」

　少年は、泣いた眼を擦りながら頷いた。少年は手に、空のつぐらを虚しく抱えている。

　湊は両袖を捲り上げると、勇ましく言った。

「よし！　それならオレが捕まえてきてやるよ」

「ホント?」

少年の顔がぱっと明るくなった。湊は頷いて言った。

「どの辺に行ったんだい?」

「あっち」

少年は、竹林の奥を指さした。

「ちょっと、修一。ダメでしょ。そんなことをお願いしちゃ」

傍らの女が少年を制して言った。

「いいんです」

そう言って、湊は竹藪の奥へとズンズン入っていった。女は、修一と呼んだ少年の肩に両手を置いて、湊の後ろ姿を心配そうに見つめた。湊が藪の中で衣服を汚したり、手足を擦り剥いたりしたらいけないと思ったからだ。しかしその心配は無用であった。湊は一分もしないうちに、黒猫を抱えて藪から戻ってきた。

「蔭(かげ)!」

修一が叫んだ。黒猫は、ニャオンと鳴いて大人しく猫用のつぐらに入った。修一は急いでつぐらの蓋を閉じた。そして重くなったつぐらをうれしそうに持ちながら、

「お兄ちゃん！　ありがとう！」

と言った。

「どういたしまして。いい猫だね」

「うん！」

少年は、少年らしい快活さで歯切れのよい返事をした。そして、つぐらを抱えたまま、早足で道を引き返していった。それを見た女が、

「修一！　待ちなさい」

と引き止めた。しかし修一は、先に帰ると言って女を置いて行ってしまった。竹林の道で二人は二人きりになった。女は恭しく湊のほうに向き直ると、

「本当にありがとうございます」

と礼を言ってお辞儀した。女が顔を上げた時、湊は初めて彼女の顔を見た。屈託のない澄んだ眼差しが湊を見ていた。キリリと整った眉、マフラーの上から覗く薔薇色の唇、すらりと眉間から伸びた鼻筋。それら一つ一つのパーツが、完璧な間合いで調和していた。背後の薄闇が彼女の白い肌の滑らかな質感を際立たせた。女があまりに綺麗だったので、湊は落ち着かなくてそわそわした。いろいろと彼女に聞きたいことがあると思ったが、最

初に言うべき言葉が決められないのだった。間が持たなくなってきた湊は、気まずくなる前に、

「じゃ、これで」

と言って、彼女の名前も聞かずに歩き出してしまった。

「さようなら」

湊の背中で彼女の溌剌（はつらつ）とした声がした。しかし、湊は振り返る意気地もなく、安心を求める気持ちからか、かえって余計に歩を速めてしまった。気付くと辺りは闇に落ちて、僅かの民家の窓明かりと、街路灯の橙色だけになっていた。湊はなぜか体の内側から力が湧くのを感じた。ショルダーバッグが軽くなったような気がした。何となく気持ちが明るくなって、元気よく帰路を歩いた。

三

柳葉旅館の創業は江戸時代の嘉永元年。まだ日本が鎖国だった時代にまで遡る。湯河原温泉街の奥のほうで、山際の緩やかな斜面に立地し、客室からはレトロな雰囲気の温泉街

が一望できる。北は大観山、南は岩戸山に挟まれ、東には広大な函南（かんなみ）原生林がひろがっている。不動滝までは徒歩五分。耳をすませば、旅館の客室に滝の音が微かに響いてくる。自然豊かなロケーションは、都心から来る都会人に安らぎを与えている。

早朝、まだ日も明けきらない中、いつものコートとマフラー姿の湊が柳葉旅館の玄関口に立った。マホガニー材に草書体で彫られた「柳葉」という大きな文字が、門の上に堂々と掲げられている。湊は眼前に聳（そび）え立つ、薄い茶褐色のビルを見上げた。脇の駐車場には県外ナンバーの車がぎっしりと停まっている。湊の胸に期待と不安が込み上げてきた。湊は緊張しながら、スタッフ専用の裏口へ回った。

湊は深呼吸してから、ノックして戸を開けた。奥にいたお手伝いさんが湊に気付いてやってきた。湊はお手伝いさんに恭しくあいさつをした。湊はマフラーとコートを脱いで手に持つと、高校の制服姿でお手伝いさんに付き従った。そのまま、奥のスタッフルームに通された。三十畳ほどの広い和室で、室内は大勢のスタッフで賑わっていた。

「あっ湊、おはよう」

湊に気付いた賢助がやってきた。賢助は深緑色の作務衣を着ている。賢助は同じ作務衣を湊に預けると、奥で着替えてくるように指示した。男性用の更衣室は、カーテンで仕切られていて、部屋というよりは区画であった。湊は慣れない着替えをてこずりながら済ますと、荷物を備え付けのロッカーに仕舞い、スタッフルームに戻った。

賢助と初海が、楽しそうに話している。作務衣着姿の初海は前髪をピンで固定している。湊は二人のほうにかけよった。

「あははは っ。湊、あんたのその格好ウケる」

湊の初めての作務衣姿を、初海が茶化した。賢助が「すぐに慣れる」と湊をフォローした。

板前と思われる割烹着姿や、営業と思われるネクタイを締めたスーツ姿など、様々の役職のスタッフが入り乱れて談笑している。和やかな職場の雰囲気が感じられて、湊は少し安心した。

「会長がお見えです!」

突然、スタッフの一人が叫んだ。一瞬にして会場が静まり返って、場は緊張感に包まれた。スタッフは全員気を付けの姿勢で、出入口のほうを向いて立った。湊は、ただならぬ雰囲気を感じてそれに倣った。

しばらくすると、旅館の会長である大原康成(おおはらやすなり)が姿を現した。大原は、白髪交じりのオールバックヘアーで、無精ひげを蓄えている。鋭い眼光の下には、ちりめん皺が深く掘られていて、長い人生を感じさせる。こげ茶色の羽織袴姿で、森厳なオーラを放っている。大原に向かって、マネージャーの合図と共にスタッフ全員が、

「大原会長、おはようございます‼」

と声を張り上げ、九十度にお辞儀した。湊もワンテンポ遅れてそれに倣った。大原は野太い声で、

「おはよう！　諸君」

と返した。湊はお辞儀から直ると衝撃を受けた。大原の後から、竹林で見かけた女が入ってきたではないか。女は初海と同じ服装をしていて、大原の付き人らしいと見える。小さな和柄の手提げを両手で恭しく抱えている。周りのスタッフらは、隅に積んであった座布団をいそいそと手渡しで配ると並んで正座しだした。湊は衝撃が冷めやらず、一人でぼうっと立っている。女も湊に気付いたらしく、はっとして目を見開いた。それで女のほうも固まってしまった。二人は僅かの間、森で出会った動物同士のように見つめ合った。

「椅子！」

大原が隣にいた彼女に言った。彼女は慌てて、大原の前に彼専用の椅子を置いた。大原

は黄金に輝く椅子に、どかっと腰を下ろした。その右に社長、左に竹林の女が座布団の上に正座した。マネージャーの男が立ち上がって、朝礼を始めた。マネージャーは、年末年始の仕事に向けた思いや、客から寄せられた感謝の手紙やクレームのことなどを話している。スタッフの誰もが、背筋をピンと伸ばして、真摯に耳を傾けている。湊は落ち着かなかった。横目でチラチラと竹林の女を見た。彼女のほうは、もう湊を意識してはおらず、マネージャーのほうに首を向けて無表情にしている。湊は自省の念にかられて、マネージャーの話に自分の注意を向け、集中しようと努力した。しかし、いつの間にか、つい彼女のほうを再び見ている自分に気付くのであった。彼女の凛々しい姿が思春期の青年の目を引き付ける魔力を秘めているかのようであった。湊の意識が覚めたのは、あいさつの練習が始まった時である。スタッフ一同が立ち上がって、マネージャーの音頭で一斉に声を出す。スタッフルームから溢れるほどの声量が湊の耳に響いた。周囲のスタッフから真剣さが伝わってきた。湊は不甲斐ない自分を恥じた。

朝礼が終わると、各自が散り散りになってそれぞれの仕事に取り掛かった。賢助は、ぼうっと突っ立っている湊の腕を摑んで言った。

「しっかりしろよ。オレたちは働きにきたんだぞ」

賢助は先ほどからの湊の様子に気付いていたらしい。

「今日はオレと一緒に動くことになる。お前に仕事を教えるように支配人から言われているんだ。ほらよ」

そう言って、賢助は湊に名札を渡した。湊はそれを強く握りしめて、頑張ろうと決意した。それからは、客室を回って布団の上げ下ろしや掃除、大量のシーツ類の洗濯などが続いた。一体幾つ部屋があるのだろうかと湊は思った。予想以上の仕事量で息つく暇もなかった。開けた窓から寒風が吹いてくる中で、湊の汗が光った。お昼の休憩も三十分しかなかった。客の人数に、スタッフの人手が追いついていないのだ。それでも、昼食は豪華だった。マグロ丼にタラ汁が付いた。湊と賢助は、若者らしく一気にそれを掻き込んだ。二人はこの時、高級旅館のバイトを選んで正解だったと思った。あまりにも旨かったからである。二人は食事の間ほとんど会話を交わさなかったが、充実感を味わっていた。カラになった器を前にして熱いお茶を飲みほすと、早速午後の仕事に取り掛かった。

バイトが終わって帰る頃には、すっかり夜も更けていた。黒の原色で塗りつぶしたような林の上に、満天の星辰が空を明るく照らしている。夜空の隅に、星を遮るのが申し訳なさそうに、かぼそい雲が数本、頼りなく漂っている。湊と賢助と初海の三人は、千歳川の川音をＢＧＭに、暗くてほとんど見えない舗道を並んで歩いている。

「大原さん、可愛いよな。忙しくて全然話す時間ないけど」

賢助が言った。

「うん」

湊は彼女のことを言っているのだと分かって、確かにそうだと思った。

「大原さんって言うんだ、あの娘……。大原！」

湊がそう言うと、初海が教えてくれた。

「私が予備校で話した娘（こ）。大原聖子。彼女が大原会長の孫娘さんなのよ」

湊は薄々思っていたことだったが、初海の言葉でそれが確かめられた。バイト中に、彼女を見かけることが何度かあった。こっちは仕事が忙しいし、向こうもそれは同じことで、話しかけにくい雰囲気があった。

「ははは。二人とも惚れちゃった？　でも、無理よ。あなたたちみたいな庶民には」

初海がそう言うと、すかさず賢助が言った。

「お前だって庶民だろ。分かってるよ、そんなこと。彼女はすげー金持ちなんだから」

「あの……大原会長ってなんか凄そうだよね」

湊がそう言うと初海が詳しく話し始めた。初海の話はどれも湊には興味深いものだった。大原康成は、「柳葉」をはじめとした高級旅館を幾つも経営する大実業家だった。熱海市春日町にオーシャンビューの旅館が一軒、初島のアジアンガーデンの脇に一軒、箱根の芦ノ湖のほとりに一軒、小田原の緑町駅前に一軒の宿をもっている。自宅は熱海市にあって、大原康成は方々の旅館を定期的に視察で回っているのだという。大原の息子、つまり聖子の父は、熱海市春日町の旅館を取り仕切っている。聖子の兄は、箱根の旅館で若頭として働いている。大原は、自分の親族を自らが所有する旅館に送り込み、一族の経営を強化しようとしているらしかった。聖子は今春で高校を卒業するのだが、四月からは「柳葉」の若女将を目指して修業することが決まっているのだという。この年末年始は、大原康成が聖子に自分の身辺の世話をさせるのと旅館の仕事を覚えさせるために、湯河原まで連れてきたのだそうだ。

「大原聖子はどこかのお金持ちと結婚するのよ。彼女にはそれがふさわしいわ。どこかの有名旅館のオーナーさんとかね」

「オレは、大原さんと職場で会えるだけでいいんだよ。湊、お前もそうだろ？」

「いや、オレは……」

「いやってなんだよ。湊、お前本気で惚れちゃったのか？」

俯いた湊を見て、初海が眉を細めて言った。

「んーん。私は応援してあげたいよ。でも、さすがに湊にとっても高嶺の花じゃないかな～」

そうこうしているうちに、三人は湯河原新道へ出た。その時、初海が一軒の住宅を指さして言った。

「あっ、あそこの家。あの家に聖子が泊まってるんだよ」

「えっ！」

湊と賢助は一緒に同じ驚きの声を上げた。

「『柳葉』で寝泊まりしているんじゃないの？」

賢助が訊ねた。

「ううん、違うの。内緒だよ。あそこの家、大原会長の愛人が住んでいるんだって」

「あ・い・じ・ん!!」

湊と賢助はまたしても、一緒に同じ声を上げた。

「愛人って……今の時代に許されるの？　世間からバッシングされないの？」

と、あきれ顔で真っ当なことを言う賢助。

「愛人と言ってもお婆さんだけどね。聖子の弟はまだ小学生なんだけど、冬休みだから一緒にこっちに来ているみたい」

湊は理解した。あの竹林で見た少年修一が、聖子の弟なのだと。

三人はその先で別方向に別れた。湊は湯河原駅前のバスのロータリーを目指して、一人で黙々と歩いた。夜の八時を過ぎていたが、駅前は結構人が出ていた。忘年会だろう。酔っぱらったサラリーマン同士が腕を組んで歩いている。キャバクラの前を通ると、客らしき中年男がちょうど帰るところだった。男は既にへべれけで、おでこを真っ赤に染めている。口から酒臭そうな白い息を吐いている。湊は視界に入ったこの男を見て何となく思った。ここのキャバクラは昼間からやっているので、おそらく開店から飲んでいたのだろう。タキシードを着た二十代のボーイが、「またよろしくお願いします」と何度も中年男にお辞儀している。ドレス姿の嬢が、名残惜しそうに中年男に何か語りかけている。嬢の顔には、白いファンデーションにきつめの濃い口紅がしっかり施されている。ウエーブした茶色のロングヘアーを靡(なび)かせて手を振る嬢の指先から、クリスマス使用の長いネイルが伸びている。視力バツグンの湊は、深紅のネイルに舞う雪の結晶や雪だるまを識別した。湊はマフラーを首に巻いていたが、その一団とのすれ違いざまに、アルコールと香水とタバコと加齢臭のごちゃ混ぜになった臭いを吸った。不快感が湊の胸に込み上げてきた。むせて咳き込んだ。湯上がりのルンルン気分で脱衣所に上がった瞬間、おっさんのポマード臭さが漂ってきて、一気にテンションが下がってしまう、あの光景が脳裏を過った。

湊は振り返って彼らを見た。中年男は、路に横付けされたタクシーに乗り込んでいる。ボーイと嬢は、車が出発するまで、店の前に立っている。あの中年男は、子どもなんだと湊は思った。クリスマスで賑わうおもちゃ屋ではしゃぐ子どもと同じなんだと。欲しいものを手に入れて一時的に満足する。冷めたら、また次のものを欲しがるんだ。

湊は自分の欲しているものが何か分かっていた。それさえ手に入れることができれば……。しかしそれは、自分にとっては到底手の届かないもののように思えた。自分は社会の片隅でネズミみたいにひっそりと生きているただのガキだ。自分には財力がないばかりではなく、他にも彼女の気を惹きそうなものが何もない。しかし湊は、心の中からマグマのように湧いてくる彼女に対するギラギラとした希求を自覚せずにはいられなかった。

湊は駅のロータリーで、ベンチに腰を下ろした。尻の下からベンチの冷たさが伝わってきた。彼は夏目漱石が「I love you.」を「月が綺麗ですね」と訳したとか訳さなかったとかいうエピソードを思い出した。そうして空を見上げて月を探した。月は見つからない。南東にオリオン座が妙に明るく輝いている。

「そういえば、オリオンは美青年で、彼は自らが恋する女神アルテミスの矢に撃たれて死んだんだっけ……」

と独り言ちた。自分もきっと彼女がもっている何かに撃たれてしまったんだろう。けれど死ぬのは嫌だなあ、と取り留めもないことを思案した。

突然、フクロテナガザルの奇声かと思われるような不自然なノイズが辺りに谺した。湊が音のしたほうに反射的に目を向けると、街灯の支柱に凭れ掛かったサラリーマンが、勢いよく嘔吐していた。視力の良い湊は、皮肉にも落下する嘔吐物の中に舞う具材までが識別できてしまった。その時、最終便のバスがやってきて、湊の視界からサラリーマンを上手く隠してくれた。湊は空想から覚めた。突然肌寒さが身に染みてきた。剥き出しの耳が、冷たいのを通り越して痛く感じられた。湊はマフラーを摑むと、両手で耳をさすった。湊の目の前でバスのドアが脱力感のある機械音と共に開いた。

四

湊の一日は二パターンになった。日中予備校へ行って夜は家で勉強する。または、日中「柳葉」でバイトをして夜は家で勉強する、のどちらかである。「柳葉」では聖子と接する場面はほとんどなく、年が明けてしまった。湊と賢助は、初詣と受験の合格祈願を兼ねて、御所神社へ行った。空は晴れ渡っているが、放射冷却で気温は氷点下である。白く煙った息を吐きながら、二人は境内に続く石段を歩いた。段の上まで来ると、石畳の両脇に、たこ焼きやポッポ焼きなどを売る屋台が軒を連ねていた。キツネの面を被った少年が、道行く人の間を縫うように駆けている。チョコバナナの甘い匂いが二人の鼻を突いた。お参りが終わったら、何か買って食べようと二人で話した。

神社は初詣客で賑わっていた。着物姿の若い女性が、景色に彩を与えている。御神木の楠(くすのき)には、しめ縄が巻かれており、参拝客のグループが楠をバックに写メを撮り合っている。茶髪のギャルは、きっとインスタにでも上げるのだろうと湊は思った。楠の幹は、大地から力強く隆起していて、その無骨さは確かに映えるものがあった。楠を仰ぐと枝が空に向かって思うがままに突き出している。枝葉の割れ目から、飛行機雲が斜めに白線を引いている。

境内の前には行列ができていた。二人は列の後ろについた。「春の海」が大音量でどこからか流れてくる。周囲を見渡してスピーカーを探したが、見つからないのが不思議だった。二人の順番が来ると賢助は勢いよく鐘を鳴らした。お賽銭を投げ入れると、コインが小気味のよい、渇いた音を立てた。湊は密かに恋愛が成就することを神様に祈った。湊が祈り終わって横目で賢助を見ると、賢助は額に汗をにじませながら、熱心に受験合格を願っている。湊はもう一回賽銭を投げた。そして、自分が二つもお願いをするのはおこがましいと思って、賢助が大学に合格することを神様に祈った。やがて二人は同時に願い事を終えた。賢助が、急にきび餅が食いたくなったと言った。きび餅を売っている屋台なんてあるのだろうかと湊は思った。けれども、せっかくなので探してみようということになった。二人は道の両側に並んでいる屋台を分担しながら偵察した。

「あっ！」

賢助が何かに気付いて、湊を肩肘で小突いた。湊はきび餅屋があったのかと思ったが、それはたい焼き屋であった。その屋台で、たい焼きを買っている聖子を見つけた。ベージュのコートに赤いマフラー。竹林で会ったあの時の聖子がいた。そして、彼女の隣には修一ではなく、あの沼池志津夫がいた。沼池はフランス製のダウンジャケットを着て、ジーパンのポケットに両手を突っ込んでいる。沼池はしきりに聖子に何かを話しかけているようだった。

湊は背中から冷たい汗が流れるのを感じた。

「なんだよ！　あの二人、付き合ってんのかよ！　マジでショック‼」

賢助はそう言って、両手で頭を抱えた。湊は体が固まってしまって、蝋人形のように立ち尽くした。賢助は、のけぞったり屈んだりして、悲しみを体で表現していた。

「よりによって沼池か〜！　くそっ」

そして、湊に向かって言った。

「なあ、湊！　こうなったら、オレたち、何としてでも大学に合格するぞ。大学に行ったら、絶対可愛い子がいっぱいいるから！」

賢助は湊の背中を叩いた。賢助は、湊の体が木のように硬くなっているのに驚いた。そして湊の横顔を心配そうに覗いた。賢助は精気の抜けた湊の顔を見た。この時、賢助は周囲の喧騒に自分たちだけが取り残されているような、妙な錯覚をおぼえた。

「あっ、お兄ちゃん‼」

少年の声が、湊の目を覚ました。キツネの面を被った少年が、湊のコートの裾を摑んで言った。湊はそれが修一であると分かった。その声に、聖子が気付いてこっちを見た。湊と賢助に気付いた聖子は、驚いた様子で目と口を鯉みたいに開けた。そして、お釣りを急いで香具師（やし）から受け取ると、たい焼きの入ったビニール袋を片手にこっちへ向かってきた。そして聖子は修一の手を引っ張ると、出口に向かって小走りで去っていった。露店の前で、沼池はたい焼きを銜えたまま、途方に暮れた様子で出口のほうを見ている。

「帰ろうか……」

湊がぼそっと言った。

「うっうん、そうだな」

二人は無言で歩き出した。飛行機雲は霞んで、空の青にほとんど吸収されている。オレンジのジョウビタキが、二人の上空を楽しそうに舞っている。電線にとまると、「ピッピッ」と陽気に眼下の二人に話しかけた。しかし、二人は陽気さを厭（いと）うようにして、顔も上げずに並んで歩き続けている。ジョウビタキは首を傾げると、別の誰かを探すかのように、どこかへ飛び去っていった。

「勉強頑張ろうな」

「うん」

そう言って、湊は賢助と別れた。一人で歩いていると空腹が湊を襲ってきた。やっぱり露店で何か食べてくるべきだったかと後悔した。近くのコンビニを回って帰ろうかとも一瞬思ったが、来た道を引き返す気力がなかった。家に帰れば何か食べる物があるだろうと思って、そのままトボトボ歩いた。ようやく自宅に差し掛かった時、湊は思いもよらない光景を見た。

自宅の玄関の前に、聖子と修一が立っていたのである。

湊は夢かと思って、ベタに目を擦ってみた。しかし、聖子は確かに自宅の前にいるのである。

湊は聖子に向かって声をかけた。

「やあ、こんにちは！」

聖子は両手にビニール袋を提げたまま、会釈を返した。

「お兄ちゃーん！」

修一が湊に向かって手を振った。

「修一くーん！」

湊は手を振り返した。修一は、キツネの面を後頭部に回した状態で微笑んでいる。

「聖子さん……いや大原さ……」

「聖子でいいよ」

「聖子さん、どうしたの？　よくオレん家が分かったね」

「初海さんに教えてもらったの。さっきは急に駆けて行っちゃってごめんなさい」

「えっ？　あっ別にいいけど……」

「これっ、どうぞ」

聖子は湊に向かって、ビニール袋を差し出した。湊は驚いて言った。

「これって、屋台でさっき君が買っていたやつだよね？」

「うん。たい焼き」

「あっ、ありがとう！」

湊は戸惑いながらも受け取った。

「この間、蔭を見つけてくれたでしょ。そのお礼」

「蔭……あっ、ねっ猫のことか。そっか……。ねっねえ、よかったら家に上がっていかない？　せっかくだし」

湊は思いきって言った。

「いいの？　でも、お邪魔じゃない？　湊君、受験勉強があるでしょ？」

「全然オッケー。今日はちょうど息抜きしようと思っていたんだ」

「そうなんだ」

聖子は、初々しい眼差しを湊に向けた。

五

四角いテーブルに湊と聖子が向かい合い、座布団に座っている。修一はその脇で、ＴＶゲームに夢中だ。テーブルの上には、たい焼きと緑茶が載っている。修一の小皿には、食べかけのたい焼きが尻尾だけ残っている。湊は、たい焼きを持つと頭の部分を一口食べた。柔らかな歯ごたえの後、中から火傷しそうなぐらい熱い餡が出てきた。湊は舌の上で餡を転がして冷ましてから、それを味わった。自分の部屋に聖子がいる。一噛みごとに、その実感をも噛みしめた。

聖子はたい焼きを両手で持つと、猫が魚を銜えるように背びれを噛んだ。そのまま上目使いに湊の様子を窺いながら、

「おいしい？」

と問うた。

「おいしい」

「よかった」

聖子は、もぐもぐしている口元を手で抑えながら言った。

「あのさ……聖子さんって、沼池さんと付き合ってるの？」

湊は唐突に聞いた。

「……。……ぷっ！」

聖子は真っ赤になって口中のたい焼きを吐き出しそうになって、リスのように両頬を膨らませた。そして両足をじたばたさせながら、苦しそうにもがいた。聖子は片手で湯呑みを掴むと茶を一口飲んで、片手で顔を扇（あお）いだ。聖子がどうにかこうにかして、たい焼きを喉に流し込むまでの十数秒間を、湊は神妙な面持ちでじっと眺めていた。聖子は涙目になりながらも、落ち着きを取り戻した。

「ホントにそう思った⁉　ホントに？　ホントに？　ホントに？」

と「ホントに」を諄(くど)いほど繰り返した。湊は真顔で頷いた。聖子は湊の真顔がツボにハマったらしく、再び苦しそうに、体を震わせながらケラケラ笑った。そのまま崩れ落ちるように、上半身を修一の膝の上に乗っけた。

「お姉ちゃん！」

カーレースの終盤に差し掛かっていた修一は、コントローラーを持ったまま、立ち上がって聖子をかわした。聖子の上半身が絨毯の上に落ちた。

「大丈夫？」

「うん」

聖子は側頭部を軽く打ったらしく、頭をさすりながら起き上がった。

「じゃ、付き合っていないいんだね？　沼池さんとは」

湊は、念を押して確かめた。

「付き合ってないよ」

「そうなんだ」

湊はホッとした。そして、続けて聞いた。

「聖子さん、付き合ってる人いないの？」

「いないよ」

　聖子の顔はまだ火照っている。

「うそでしょ。そんなにカワイイんだから、絶対彼氏いるでしょ！」

「いないってば。時代遅れなんだけど、私のおじい様、そういうのにすごく厳しくて。『最近の若者はすぐに付き合ったり別れたりしてけしからん』とか言ってるの」

　あっ、〝カワイイ〟は否定しないんだなと湊は思った。それに〝おじい様〟という言葉も自分とは世界観が異なっていると感じた。

「やったー‼」

　修一が湊の内心を代弁するかのように叫んだ。

「イエーイ！　一位になったよ！」

　そう言って修一はぴょんぴょん跳びはねた。

「修一、行儀悪いからもうちょっと静かにして」

　聖子が修一を窘(たしな)めた。そして独り言のように呟いた。

「おじい様、修一にだけは甘いんだから、こうなるのよ」

「修一君、すごいね！」

湊が修一に言った。

「お兄ちゃん、一緒にやろうよ」

湊が了承しようとした時、聖子のケータイが鳴った。聖子はポケットからケータイを取り出して、画面を確認すると、

「ちょっとごめん」

そう言って、ケータイを握りしめたまま、部屋を出て行った。そして、ドアの向こうで誰かと話し出した。

湊は二つ目のコントローラーを摑んだ。修一が興奮した表情で湊を見た。二人は、互いのプレイヤーを選んでコースを選択した。そしてレースが始まろうとしたその時、ドアが開いて聖子が戻ってきた。

「ごめんなさい。もう帰らなきゃ！」

湊は、聖子の困惑した顔を見た。レースがスタートした。聖子はコントローラーを修一の手から強引に離して、コートを羽織った。その時、窓の外で車のエンジン音がした。

「あっ、おじいちゃんだ！」

修一がそう言って、窓の外を眺めた。エンジン音で分かるのかと湊は感心した。湊も一緒に窓の外を見た。見ると、ロールスロイス「ファントム」が道の前に停車した。純白のボディがピカピカに輝いて、鏡面のように周辺の木々を映している。黒いスーツに活動帽子を被ったドライバーが運転席から降りてきた。そして白い手袋をした手で、後部の頑丈そうなドアを開けた。そこから大原康成が姿を現した。大原は湊のいる二階の窓を見上げた。サングラスがキラリと光った。

「聖子!!」

大原は、天まで届くような怒号を飛ばした。湊の体が反射的にのけ反った。湊があせって振り向くと、部屋にはもう誰もいなかった。再び窓の外を見た。聖子と修一が駆けて行った。修一は、大原の腕に飛び込んで抱きかかえられた。大原は修一を手に抱いたまま、聖子に何やら言っている。聖子は、何か言って二、三度大原に頭を下げた。そして、車の助手席に乗り込んだ。大原は再度湊の部屋の窓を睨むと、やがてゆっくりと後部座席に姿を消した。ドライバーが後部座席のドアを慎重に閉めた。そして運転席に戻ると、エンジンをかけた。重低音が響いて、ボンネットから翼の生えた銀のエンジェルが姿を現した。ファントムはシルバーに輝くその姿は、他車とは一線を画す気品の高さを顕示している。ファントムは颯爽と去っていった。湊はファントムが消えるまで、窓際からじっと見慣れた道を見つめていた。

湊は彼女の日常が自分とはかけ離れていることをまざまざと思い知らされた。彼女に恋人がいなかったとしても、自分がそれにふさわしいとは思われないと感じた。やがて湊は、残りのたい焼きを持って台所へ行った。ラップで冷めたたい焼きを包むと、祖母のためにと冷蔵庫に入れた。

食器を片付けるために再び自分の部屋に戻った。部屋に入った瞬間、彼女の残り香が微かに感じられた。テーブルの上に置いてあった皿やマグカップを盆の上に載せた。部屋を出る時、盆を手に持って室内を改めて振り返って見た。部屋にはもう、彼女の形跡は微塵もなかった。湊は、先ほどまでの奇跡の軌跡を辿って、自分が白昼夢でも見たのだろうかと本気で考えた。

部屋の窓から差し込む日光が、レースのカーテンを通して、淡い影をテーブルの上に落としている。部屋には空虚が満ちていた。ＴＶゲームから流れてくるＢＧＭが悲しい曲に感じられた。湊は自分が愛に餓えていることを悟って、唖然とした。

六

正月の三が日を過ぎた頃、湊たちは旅館に泊まり込みでバイトをすることになった。常勤のスタッフが少し遅れて正月休みを取ることになったためである。湊、賢助、初海の三人は、まるで修学旅行にでも行くかのようにワクワクしていた。

昼下がりだが、霧がかかって景色が白んでいる。源泉郷のバス停で、湊と賢助は初海がバスでやってくるのを待った。初海が仕度に間に合わず、バスに乗り遅れたのだ。幸い余裕をもって集合時間を設定したので、バイトの時間までまだ間があった。

湊と賢助は、歩道に置いた自分たちのデカい旅行鞄の上に腰を下ろしていた。しばらくしたらじっとしているのが寒く感じられて、湊は緩やかな傾斜の歩道を行ったり来たりした。賢助もそれに合わせて、湊と交差するように行きつ戻りつした。

「初海の奴。こんな寒いところでオレたちを待たせやがって。罰金ものだぜ！」

賢助がそう言ったが、彼の表情からは怒りの感情は全く読み取れなかった。

「女ってのは、早めに準備しても結局時間に間に合わないものなんだよ」

湊が言った。

「こーなったら、ごちそう山ほど食ってやるぞ！」

「オレもー！」

柳葉の従業員控え室で食べる贅沢めしが、二人のモチベーションになっていた。宿泊すれば、一日三食そこで食べることができるのだ。ライスがおかわり無料なのも、青少年男子にはうれしい特典である。楽しみなことは食事の他にもあった。大浴場に入れることである。まだ三人とも入ったことがなかったのだ。バイト中に、さっぱりした表情の客が浴衣を着て大浴場から出てくるのを何度も目撃した。そのたびに羨ましいと内心みんなが感じていたのだ。

二人は文句を言い合いながらも、胸を膨らませた。やがて、乗用車とは違うエンジン音が、坂下のほうから聞こえてきた。二人ははっとして、音のするほうを注意深く凝視した。黄色の微灯が靄の中から猫目のように見えたかと思うと、路線バスが姿を現した。バスが停留所までやってきた。停車して観光客が降りると、最後に初海が降りてきた。初海はキャスター付きスーツケースにリュック、ドラムバッグを抱えている。

「初海、待たせやがっ……」

「賢助、ありがと」

賢助が言い終わらないうちに、初海がドラムバッグを賢助に投げた。賢助は両手でバッグを受け取ると、その重みでよろめいた。

「重っ！」

思わず賢助が言った。

「一体何が入ってるんだ？」

「枕とか、パジャマとか」

賢助は呆れた。

「そんなの旅館に置いてあるだろ」

「私、マイ枕とマイパジャマじゃないと寝れないタイプなの。デリケートなのよ」

賢助は内心唖然としたが、面倒な問答になりそうなので初海にツッコむのを止めた。

二人のやり取りを傍観していた湊が、初海からスーツケースのキャリーハンドルを奪うと、「行こうぜ」と言って歩き出した。湊はキュルキュルと軽快な音を立てながら坂を登っていく。

「湊、ありがとう」

初海は湊の背中に向かって言った。そして、後に続いて歩き出した。

「湊、お前ズルいぞ。軽いほうを持って！　いいとこ取りしやがって」

賢助が叫んだ。その時はもう、湊の体は霧に包まれて、賢助からは見えなくなっていた。

従業員専用の部屋に荷物を置くと、いつもより高めのテンションで三人は働いた。そしてあっという間に一日目の仕事が終わった。

深夜になると、雪が降り出した。雪が降ることは稀なので、若者たちの心を躍らせた。雪は緩やかなカーブを描きながら、ゆっくりと天から降りてくる。賢助は大浴場の内湯につかりながら、窓の外を眺めていた。仕事の疲れが癒されていくのを感じながら。

客の入浴時間を過ぎているので、浴場にはスタッフしかいない。この時間に温泉を満喫できるのは、泊まり込みで働くスタッフの特権だった。

外は夜の闇に白い雪の粒が映えて真珠のように光っている。賢助は雪に誘われるまま、湯から上がると露天風呂へ続く扉を開けた。冷気がさあっと流れてくる。湯船から立ち上る湯気は、湯面を右へ左へと気の向くまま優雅に漂っている。その中へ雪が音もなく溶けていく。賢助は両の掌を空に向けて掲げてみた。雪の半分は、賢助の掌を逃げるようにすり抜けていく。別の半分は掌に向かって吸い込まれていった。雪は、手の皮膚に載った瞬間、白から透明へと変わった。湯船で火照った皮膚に、雪の冷たさが刺すように染み入ってくる。賢助は、心地よさに思わず身震いした。外気は予想以上に冷たく、徐々に体が冷えてきたので露天風呂の中へ入った。露天風呂は瓢箪（ひょうたん）型をしていて、海側は竹の目隠しで覆われている。時折海から吹いてくる風が、竹を軋ませた。露天風呂の建物側は、小高い丘になっていて客室から見えないように松の木が何本も植えられている。丘には、巨岩が置かれていたり、石の灯籠が立っていたりして、趣を醸し出すように工夫してある。内湯から送られてくる光と、灯籠から漏れる橙色の弱い光が、闇夜を優しく照らしていた。賢助は、湯船の中で中年のサラリーマンのように、

「極楽、極楽」

と呟いた。硫黄の仄かな香りがした。どこか遠くで犬の咆哮が聞こえた。

賢助は温泉を十分に堪能して満足感にひたりながら、脱衣所でゆっくりと着替えていた。そこへ、着替えの入ったビニール袋を持った湊が入ってきた。

「おう。悪いな、先に入っちゃって」

「いいよ。早く入れる時は、早く入って寝たほうがいい。今夜は寒くて、体が凍えそうだよ」

「めずらしく雪が降ってるからな。露天風呂、最高だった。しかも、今入ってるのオレだけ」

「マジ？　貸し切り状態じゃん」

「ホントに」

「そうか。楽しみだな」

湊は手際よく服を抜ぐと、手拭いを肩にかけて浴室へ入っていった。賢助は脱衣所から出ると、鼻歌を歌いながら通路を歩いた。そのままスタッフの控え室に向かえばよいのだが、ふと立ち止まった。ちょっとイタズラしてみようという思いが賢助の心に湧いてきた。賢助は着替えの入った袋を床に置くと、来た道を戻って男湯の暖簾に手をかけた。暖簾を取り外すと、それを女湯のほうの暖簾と取り換えた。そして、何か面白いことが起こるかもしれないと思って、クスクス笑った。そして、湯上がりで火照った頬を廊下の冷たい空気に晒しながら、気分良く控え室に行ってしまった。

この旅館では、一日毎に男湯と女湯を入れ替えていた。二つの浴場では、設備や景色が若干異なっている。連泊する客も多いので、様々な楽しみ方をしてもらおうという旅館側の配慮でそうなっているのである。

大浴場を独り占めした湊は、小学生のようにはしゃいだ。露天風呂の端から端まで、クロールや平泳ぎで泳いでみた。背泳ぎをすると、雪が目や口の中に入ってきた。雪を飲み込むと喉の奥が冷えて潤った。湊は楽しくてしょうがなかった。誰にも邪魔されずにいつまでもここにいたい気がした。湊が犬かきをしていた時である。脱衣所のドアが開いたような気がした。先輩のスタッフが来たのかと思って、湊は行儀よく湯の中で姿勢を正した。次の瞬間、湊は自分の耳を疑った。脱衣所から、甲高い女の笑い声が聞こえてきたからである。話し声の様子から女が数人いることが分かった。その中に、聞き覚えのある声も混じっていたので、湊はさらに焦った。女たちの声は、岸壁に打ち寄せる波のように止んだかと思うと、また急に大きくなったりした。女たちが脱衣所から内湯に入ってきた。湊の心は、天国から地獄へと突き落とされた。女たちがシャワーで汗を流している間、この哀れな青年は、この後どうするべきかを必死に考えていた。

とうとう、女のうちの誰かが、露天風呂へ続く扉を開けて出てきた。湊は頭に載せた手拭いを摑むと、風呂から上がり、丘を登って松林の巨岩の裏に隠れた。

「寒ーい。雪が降ってるね」

「早く入ろう」

裸足で地面を踏む音がペタペタと湊の耳に聞こえた。

「走ると危ないよ」

「ひゃっぽーい」

勢いよく水しぶきの飛ぶ音が聞こえた。湊はますますゾクッとした。その声の主が誰なのか分かったからである。続いて野球ボールが池に落ちた時のような、控えめな音がした。

「聖子、こっちおいでよ」

湊は幽霊に抱きしめられたように身震いした。「詰んだ」のである。それは、湊にとって拷問の始まりだった。「早く上がってくれ」と湊は心の中で何度も叫んだ。だが湯につかった女らは、ぺちゃくちゃと何やら話していて、一向に会話の途切れる気配がない。会話の中身が湊の左耳に入って、そのまま右に抜けていった。確かに声が聞こえてはいるのだが、話の内容が全く湊の頭に入ってこなかった。時間にしては五分ほどだったのだが、湊の耳や足先は氷のように冷えて、感覚がなくなってきた。奥歯がガタガタと鳴った。湊はその音が女たちに聞こえるのではないかと思って、必死に歯を食いしばったが、振動を止めることはできなかった。空は無表情なまま、雪を吐き出している。摑んだ手拭いから、清冽な雫が音もなく土に落ちた。湊は自分の意思では制御不能になった全身をブルブル震わせながら必死に耐えていた。

湊は手拭いが氷柱のように冷たいので、足元に慎重に落とした。そして、両手で自分の体を抱いた。まだ、脱衣場のほうから小さな笑い声が聞こえている。湊は寒さで気が狂いそうだった。雪はもうとっくに湊にとって良いものではなくなった。しんしんと降り積もる雪を恨めしいとさえ思った。

遠くのほうでドアの閉まる音がした。辺りがシーンと静かになった。湊は朦朧とする意識の中、まだじっと岩の影で耐えていた。青ざめた唇の上に、容赦なく雪が落ちてくる。ようやく何の音も聞こえてこなくなった。湊は、女がみんな風呂場から上がったことを確信した。

次の瞬間、湊は思いっきりジャンプして、湯船に飛び込んだ。大砲をぶっ放したような轟音と共に、水しぶきが噴水のように舞い上がった。温かい気泡の群れが全身の皮膚の表面を流れていった。湊は湯中で一分以上もじっとしていた。体が徐々に温まってきて、手足の感覚が戻ってくるのを感じた。湊は母胎に包まれた胎児のような安堵感に浸っていた。息が苦しくなってきて、湊は湯の中で立ち上がって、そのまま湯から上がった。内湯へ続く石畳の上で、目元に滴った湯を払いのけた。

その時、湊は気付いた。目の前に聖子が立っていることに。

聖子は手拭いを持っていなかった。二人とも完全に裸だった。二人は、遙か昔、エデンの園でアダムとイヴが初めて出逢った時のような純真無垢の神聖さをもって対峙した。

湊と聖子の目が合った。時が止まった。停止した時の流れの中で、二人はお互いの瞳の中に、神が人類を創造した意図を確かに悟ったのだった。

湊の体はダビデ像を思わせるような筋肉の美しい鎧(よろい)を纏(まと)っていた。厚い胸板の下に腹直筋が六つに割れていた。鎖骨やあばら骨の角が皮膚の上に隆起しており、男性的な武骨さを顕示している。これらの筋骨が、雄としての役割を果たせる機能を備えていることを物語っていた。引き締まった臀部(でんぶ)は逆三角形の胴体を力強く支え、発達した大腿四頭筋とを繋いでいる。

聖子の乳房は、熟し始めた果実のような自然の瑞々しさを湛えていた。背中からヒップにかけて広がるボディラインは、滑らかな曲線を描き、流線的なフォルムの美しさを現している。きめの細かな肌からは薄っすらと静脈が透けて見え、湯気と共に馨しい微香が湧き立っている。丸みを帯びて弾力のある素肌は一点のシミもない白桃色である。その肌の上に、湯の雫が散りばめられて、それらの粒子が光に反射して、全身から神々しい輝きを放っていた。

二人の体は、それぞれの性に備わっている本来の喜びを完璧なまでに体現していた。無音の交響曲が二人の体から奏でられ、創造主なる神を賛美している。湊は自分の体の感覚が全てなくなって、宙に浮いた存在であるかのように感じた。そして二人は、お互いの体が宇宙の秘密を解き明かすための扉と鍵であることを理解した。二人は本能的に、この一瞬を最も重要な永遠であるかのように感じた。すなわち「愛」が生まれる瞬間である。

原始ならここであの素晴らしい営みが始まったことだろう。しかし、一刻の後、悲劇が起こった。サタンに惑わされた文明人の狂気、愛を台無しにしてしまう悪の権化が姿を現した。ご存じ、羞恥心である。

「きゃっ！」

聖子は小さな悲鳴を上げて、湯の中に尻もちをついた。そして体育座りのまま、両腕できつく膝を抱えた。顔が湯面に擦れるように俯いたまま、小刻みに震えている。

湊は、急に心臓の鼓動が激しくなって、血液が勢いよく体中を駆け巡るのを感じた。湯の熱で血色の良くなった頬が、さらに赤みを増して茹蛸（ゆでだこ）のようになった。胸が痛い。湊はその場から立ち去りたい一心で、

「ごっ……ごめん」

と言って、石畳の上をペチャペチャと音を立てて駆け出した。足が濡れた石床を踏んだ時、滑って体勢を崩した。そして右膝を床に激しく打ち付けた。膝頭が鈍い音を立てた。膝から鈍い痛みが響いてきたが、湊は構わずに脱衣所へ向かった。

聖子は突然、湯から立ち上がった。そして、湊の背中に向かって叫んだ。

「……‼」

聖子は自分で叫ぼうとした言葉が出てこずに、サイレント映画のように口だけを大きく開けていた（後に聖子は、冷静になって考えたが、あの時何を言おうとしたのか自分自身でも分からないのだった）。

湊はその声なき言葉には気が付かない。硬質の尻を聖子に向けたまま、大股で去っていく。聖子は為すすべがなく、降る雪に無防備に体を晒していた。ただ、肩を大きく上下させながら、呼吸をするのが精一杯だった。髪から滴る雫を自由に裸体に沿わせたまま、聖子は立ち尽くした。

立ち昇る湯けむりと、舞い落ちる雪がお互いの出会いを楽しんでいるかのように踊っている。それが空気を朦(かす)めた。聖子は自分の体が、その霞の中に溶けていって、闇夜と一つになるように感じられた。

　湊の頭は混乱状態で、後は自分でもどうやって着替えたのか記憶にない。ろくに体も拭かないまま、とにかく急いで支度をし、暖簾を押し上げて浴場から出た。出た時に、違和感を覚えた湊は振り返ってみた。そこには女湯の赤い暖簾が掛けられていた。

　大浴場から出ると道は丁字路になっていて、女湯の向かいが男湯、角を曲がると客室へ続く。その角に休憩用のスペースがあった。そこには木造のベンチが置かれ、脇にはジュースやアイスの自動販売機が並んでいる。ベンチには、初海が腰掛けていた。初海は、右手に携帯用扇風機、左手にチョコレートアイスを持って、聖子が浴場から出てくるのを気長に待っていた。すると、女湯のほうから足音が聞こえてきた。初海は携帯用扇風機をナイロン袋に入れると、ベンチから立ち上がった。そして、出てくる聖子を驚かそうと、壁際に体を添わせた。初海は耳を欹(そばだ)てて、慎重にタイミングを計った。足音が段々近付いてきた。「今だ！」と初海は思って飛び出そうとしたその時である。初海は驚きのあまり目が点になった。湊が出てきたからである。混乱状態の湊は、初海に気付く様子もなく、そのままスタスタと小走りに去って行った。湊の通った跡は、容疑者の残した血痕のように、水滴のシミが点々と続いていた。初海は眼を見開いたまま、固まってしまった。今、目の前で起こったことの意味を、頭の中で必死に探っていた。左手に持ったアイスが溶けて、指間を流れて地面に滴り落ちた。初海は、アイスが全て溶けて棒だけになってしまっても、まだそのままでいた。

湊はスタッフ用の部屋に入った。部屋は、湊と賢助の二人部屋だった。出入口に賢助のスリッパが無造作に落ちているのが、湊の目に入った。室内は真っ暗だった。湊は照明のスイッチをＯＮにした。賢助が布団の上で気持ちよさそうに寝息を立てている。湊は着替えの袋を放り投げると、賢助を叩き起こした。目覚めたか覚めないか分からない賢助の胸ぐらを摑んで乱暴にゆすりながら、湊は怒鳴った。

「おい、賢助!!　お前どういうつもりだ！　風呂場の暖簾を勝手に変えただろ!!」

賢助は、ぼんやりとした目で湊の顔を見つめていたが、徐々に状況を理解してきた。湊に睨まれた賢助はビビって、

「しっ知らねーよ。何のことだよ?」

と、咄嗟に言ってしまった。

「風呂場にいたのはオレたちだけなんだから、お前の他に誰があんなイタズラするんだよ!!」

湊は激情にかられながら捲し立てた。湊のマジギレ感に対して、引っ込みのつかなくなった賢助は、何とかこの場を切り抜けようとして逆ギレした。

「本当だって。知らないよそんなこと！　変な言いがかりをつけるのやめてくれよ‼」

湊は、寝汗で薄っすら汗ばんだ賢助の顔をしばらく見つめた。気まずい沈黙が二人の間に流れた。湊はやや冷静になって言った。

「本当か？　お前がやったんじゃないのか？」

「オレじゃないよ。客の誰かがイタズラしたんじゃないのか？　オレがやったっていう証拠でもあるのかよ！」

賢助は湊から視線を反らしたまま言った。

「いやっ……証拠はないけど……そうか……」

湊は、賢助を摑んでいた手を放した。そして、小さな部屋の隅から隅へ行ったり来たりした後、宙を見回しながら両手で頭を抱えた。

「くそっ、一体誰がこんなことしやがったんだ……」

賢助は顔面から嫌な汗が噴き出してくるのが分かって、それを袖で拭った。賢助は自分の口中が酷く乾燥していることを意識しながらも、傷つけた友に声をかけた。

「大丈夫か？　湊……」

「ああ。まったく、ひでえことする奴がいるもんだぜ。ごめん、お前のこと疑ってしまって」

「一体どうしたんだ？」

湊は事の次第を賢助に話した。その話を聞きながら、賢助の胸に猛烈な後悔の念が押し寄せてきた。時間を戻すことができたらどんなにいいだろうかと思った。自分の軽はずみな行動に対する自責の念が湧いて、目に涙が溜まった。賢助はこの時、生涯二度とイタズラはしまいと心に誓った。

湊は賢助に話したことで、心が落ち着いてくるのを感じた。

部屋の電気を消して、二人は床に就いた。二人は布団の上で目を閉じていたのだが、共に翌朝まで一睡もできなかった。湊には、窓を押す風の音が永久に続くかのように感じられた。

七

予備校は今週末に迫った共通試験に向けて、静かな熱気に包まれていた。講師は受講生がいつもより真剣に講義を受けているのに触発されたためか、自らの職務に対する使命感からか、平時よりも講義の語気が強くなっている。コンピュータ教室では、パソコンでズームによるオンライン講義も行われている。受講生がホワイトボードとにらめっこしている中で、沼池だけが落ち着きなく貧乏ゆすりをして、数分おきにチラチラと腕時計を眺めている。沼池が講義に集中していないのはいつものことだが、今日はいつも以上に落ち着かない様子だ。彼はペン回しをして、床にペンを落とした。静まり返った教室に、落下したペンの乾いた音が響いた。慌てて沼池はペンを拾うために席を立った。その時、沼池の履いた革靴の平坦なレザーソールの面が、結露した床上で滑った。その結果、沼池は派手にすっ転んだ。通常ならここで笑いが起こる。しかし、周囲は講義をするのと受けるのに集中していて誰も彼もがこの珍事には無反応であった。ただ、後方に席を取っていた初海だけが口元を手で抑えながら静かに笑った。沼池は起き上がる途中で、振り返って周囲を見た。たまたまそこで初海と視線がかち合った。まずいと思った初海はサッと視線をそらして真顔になった。平静を装う初海に対して、沼池はキツイ視線を送った。

講義終了のベルが鳴った。受講生たちは手際よく文具や端末をバッグにしまうと、椅子の背もたれに掛けたコートを羽織って、早足で教室を次々に出ていく。帰ってから、今日の講義の復習をするのだ。初海が、膝に掛けていたタータンチェックの大判ストールを羽織ると、沼池が声をかけてきた。

「なあ、名立。お前がさっき同級生と話していたことって、本当か？」

「えっ？　何のことですか？」

「とぼけるな。川本の野郎が聖子と旅館の風呂場でヤッたって」

初海は、講義が始まる前に自分が友達と話していたことを盗み聞きされていたのか、それとも自分の友達の誰かが噂を沼池に洩らしたのか分からなかったが、内心イラッとして表情を曇らせた。

「一体何のことですか？　私そんなこと言ってません！」

初海は素知らぬふりで答えた。沼池は、小声で、しかし凄みのある声音で言った。

「言ってただろ！　オレ、確かに聞いたんだぞ」

『面倒くさい奴に聞かれてしまったな』と初海は思った。初海は興味本位で迂闊なことを口走ってしまった自分の性(さが)を恨んだが、知らないふりをするのが最良と判断したようだ。

「ホントに私そんな話してませんから。変なこと言わないでください。沼池さん、私たちの話を盗み聞きしていたんですか？　最低じゃないですか？」

「何だよ、教えてくれたっていいだろ」

なおも沼池はしつこく食い下がった。

「知りませんよ。沼池さん、聖子は自分に惚れているって、あなた自分で言ってましたよね。だったら直接、ご自分で聖子に聞けばよろしいのでは？」

「おっ……おう。……そっそうだな」

沼池は一瞬ひるんだ。初海はこの機会を逃さずに、颯爽と出口に向かった。ブーツのヒールが小気味よいビートを刻んで室内に響いた。教室には沼池が一人、取り残された。

初海は歩きながら、聖子と湊のことを友達に話してしまったことを悔やんだ。色恋沙汰を周囲に話さずにはいられない自分の女々しさを呪った。沼池が知ってしまったことを考えると、他にも聞いていた奴がいるかもしれない。予備校の女友達が、自分の話したことを周囲に吹聴するかもしれないと思うとゾッとした。あくまでも、自分は見たままを話した。自分が言ったのは、湊が聖子のいる浴場から出てきたということだけだ。初詣帰りの振り袖姿のグループや、福袋を抱えた買い物帰りの家族連れなど、賑やかな雰囲気の街中を、憂鬱な面持ちで初海は歩いた。

「でも、無駄よ。もう遅い。尾鰭が付いて大げさに広がっていくんだわ、きっと……」

考えれば考えるほど、初海の心は沈んでいった。こうして考え事をしている間に、初海は自宅の玄関に着いた。

玄関に入る前に、バッグからケータイを取り出して、SNSをチェックした初海は、その威力に驚愕した。グループLINEやメッセンジャーやらで、聖子と湊の噂はもう既に関係者の間に広まっていた。噂には尾鰭の他に兜までついて、『湊が聖子を妊娠させたwww』という投稿まであった。

その静かな騒ぎはやがて、あの大原康成の耳にも入ったのだった。

祖父に問いただされた聖子は、自身の身の潔白を証明した。大原は孫娘を信じた。しかし、孫娘を世間の中傷から守るために、聖子を愛人の自宅にしばらくの間、軟禁することにした。ほとぼりが冷めるまで、家で大人しく勉強でもしているのがいいと判断したのだ。またその他にも、湊を一旦、旅館のバイトから外すことにした。聖子のいない旅館で湊だけを働かせるのは、スタッフの不興を買うことになるかもしれないと考えたためだ。

湊は旅館のバイトを勝手にやめさせられたことが納得できなかった。自分をクビにした理由を聞くために、湊は単身柳葉に乗り込んでいった。エントランスで受付のスタッフが湊の対応をした。湊は直接大原会長に会うことを望んだが、会長の指示を受けていたスタッフに拒否された。そのことで、若い湊の怒りは燃え上がり、エントランスで暴言を吐いた。周囲にいた旅館の客が一斉に湊のほうを見た。スタッフが慌てて集まってきた。スタッフは数人がかりで、湊の体を押さえつけると、外へ連れ出した。エントランスに残ったスタッフは、その場を取り繕うために周囲の客一人一人に営業スマイルを送った。

そのスタッフのうちの一人は、賢助であった。賢助は引き攣った不自然な笑顔で、近くのトイレの個室に駆け込んだ。便座に座ると、頭を個室のドアに自分で打ち付けた。釘を打つような音がして、ドアの板戸が少し凹んだ。賢助は自分の額に手を当てた。額がジンジンとして脈を打っているのが分かった。

賢助は、あれ以来ずっと罪悪感に悩まされていたのだった。自分のせいで、湊の祖母にまで言われもない誹謗中傷が及び、苦しめられていることを知って、耐えられなくなった。湊と聖子の恋が実らなければ、それは間違いなく自分のせいだろうと思った。自分が友を生涯不幸にしてしまうかもしれないと思うと、胸が詰まって呼吸が苦しくなった。しかし、湊に対して本当のことを告白する勇気はどうしてももてなかった。便座に座って、ロダンの「考える人」になった賢助は、熟慮の末、ある事を決心した。

ゆっくりとドアを開けると、音もなく個室を出た。手洗い場で、無い髪をとかしていたヒゲ面の親父客が、ぎょっとして賢助のほうを見た。賢助は唇が真っ青で、額に赤く染まった大きなたんこぶがあった。賢助は異様な状態でヒゲ親父が全く見えていないかのように、ふらふらと出て行った。ヒゲ親父は、賢助の入っていたトイレの個室を覗いてみた。そして、ジャンキーが注射でもしていたのだろうかと勘繰って、痕跡が残っているかもしれない汚物入れの蓋をそっと開けてみた。

大原康成は、会長室の肘掛け椅子に座って新聞を広げていた。新聞には、企業の株価の変動が蟻の這うような小文字で載っている。大原は、ヴェートーヴェンの肖像画のような鋭い眼差しで熱心に記事を読んでいる。その姿には、威厳と共に気品が漂う。イタリア製のオーダーメイドスーツに、黒いシルクのタイを巻いている。左手首には、スイス製のシルバーの腕時計が煌めいている。

会長室は旅館の最上階に位置し、大きな窓からは湯河原の街が一望できる。その奥には、太平洋が彼方に広がっている。今、空は分厚い雲に覆われていて雨が降り出しそうな気配だ。

会長室のドアがノックされた。

「どうぞ」

大原が新聞に目を落としたまま答えると、分厚い扉がゆっくりと開いた。そして、室内に賢助が入ってきた。大原は、一瞬首をかしげた。組織の末端であるアルバイト社員が、会長室を訪ねてくることは滅多になかったからである。大原は、賢助を足元から頭まで眺めると、新聞を丁寧にたたんで、机上にそっと置いた。賢助の浮かべる陰気な表情を見て、よからぬ報告をしに来やがったなと、推測した。

「こちらでアルバイトをさせて頂いている窪塚と申します」

「オレに何か用か？」

やれやれといった様子で大原は尋ねた。

「はい。お忙しい中、大変失礼いたします。直接、会長様にお伝えしたいことがありまして……」

「早く言え」

と、ぶっきらぼうに促す大原。

覚悟を決めた賢助は、ありのままの事実を話した。大原は話を聞き終わると、両手を後頭部にあてて、天井のシャンデリアを仰いだ。その後、一度大きなため息をついて、立ち上がった。ピカピカに磨かれたコードバンの革靴が、両袖机の角から現れた。中世の王のようにゆっくりと賢助の前に歩み寄った。賢助は、俯いたまま直立不動を保っている。次の瞬間、百獣の王の咆哮が部屋に響いた。

「この、大馬鹿者――!!」

怒号は隣の秘書室にも十分に聞こえた。が、いつものことなので、秘書はすまし顔で煎餅をかじりながらキーボードを叩いている。嵐のような怒り声は数分間に及んだ。賢助は、思いっきり叱責されたことでかえって清々しい気持ちになってきた。賢助は両目から流れる涙が自分の罪を洗い流してくれているようで心地よく感じていた。散々逃亡した挙げ句、逮捕された直後に指名手配犯が感じるような安堵感を得ていた。賢助はどんな罰でも受けるつもりだった。自分にできることがあれば何でもするつもりだった。もう、バイト代などどうでもよかった。

大原は、説教を終えるとテーブル前のソファに腰を掛けた。賢助を手で促して、テーブルを挟んだ向かいのソファに座らせた。賢助は、悟りを開いた禅僧のような朗らかな顔をしている。大原はしばらく考えた後、賢助に判決を下した。

「窪塚、お前のしたことは赦す。よくぞオレに白状した。心配するな、バイト代もきちんと払うし、お前をクビにするつもりなどオレにはない。その代わりと言っちゃなんだが……。お前は、聖子のボディガードになれ」

「……。はい」

賢助は意味が分からなかったが、聞き返すのも失礼だと思って、素直にそう答えた。

八

湊は一人で夕暮れの真鶴岬を歩いていた。黒松や楠の緑が、寒々しい岩場に彩を与えている。遊歩道は、海から押し寄せてくる波風の音が、岸壁に反響して谺している。時折、家族連れの賑やかな声がそれに混じる。陽気な人たちの中で、湊は一人、コートのポケットに両手を突っ込んで、深刻な顔で歩いていた。老夫婦が、狭い歩道を湊からできるだけ離れるようにしてすれ違っていった。湊はやがて三ツ石の見える岬の先端に出た。

太平洋は、白波がシルクの繊維のような細かい横糸を海に織り込んでいる。夕空にはマヒマヒみたいな形をした紫色の雲が、ゆったり泳いでいる。遠くに旅客船が見えた。きっと正月休みを満喫している旅客が大勢乗っていて、デッキで夕陽を見ながら会話を楽しんでいるのだろうと湊は想像した。趣深い景観を前に、なぜ自分はここに来たのだろうかと思った。バイトをクビになってから、湊は学業に専念しようとした。そもそも、それが受験生の正当な在り方であるし、今までのバイト代で、受験費用や大学の学費も十分賄うことができた。見方によっては何の問題もない。

しかし、湊は全く学業に手が付けられなくなっていた。参考書を開いても、すぐに柳葉のことや聖子のことが頭に浮かんだ。大浴場での一件以来、聖子とは話しにくくなっていた。お互いの耳に噂が入っているので、あえてその話題は避けたのだが、そのせいか会話がぎこちなくなった。普通に会話しているだけなのだが、何となく気恥ずかしくてお互いに目を合わせることができなかった。バイトをクビになり、聖子が会長の愛人宅に軟禁されてしまった今となっては、もう聖子に会うことはないだろう。自分は大原会長によく思われていないだろうし、そう考えると先行きは暗かった。

三ツ石の二つの大きな岩の間に張られたしめ縄を、湊はメランコリックな気分で眺めた。

一羽のオオミズナギドリが弧を描きながら、華麗にしめ縄の下を通り抜けた。そして、そのまま上昇して群れの中へ消えていった。

湊はふと幼少期の記憶を思い出した。それは、彼が物心ついてからの最初の記憶である。自分は車の後部座席に座っていた。座っていたというよりもチャイルドシートに縛り付けられていたといったほうが正しいだろう。彼は手足をもがいたが、身動きが取れなかったことを覚えている。車内は黒かった。外から照る日光が明る過ぎたせいである。外の景色は全く見えなかった。どの窓も白光で埋まっていた。車内には湊以外は誰もいなかった。どれくらい時間が経っただろうか。待てども待てども誰も来ない。段々と車内が暑くなってきた。汗ばんで胸が火照ってきた。不安と不快に駆られた彼は大声で泣いた。ただ、我武者羅に力の限り叫んだことは覚えている。しかし、何も起こらなかった。彼は、何かが起こるまで全力で泣き続けた。どんどん車内は暑くなってくる。呼吸もどんどん苦しくなってくる。頬を伝う涙も熱い。自分は泣きわめくことしかできないのを感覚的に分かっていたので、力尽きるまで泣き続けた。そうして、結局そのまま意識を失ったのである。次に自分がどこで目覚めたのかは全く記憶にない。自分はその後こうして生きているので助かったことだけは分かる。

湊は辛いことがあると、いつもその時のことを思い出すようにしていた。誰にも気付いてもらえずに、これほど一人で絶望していたことはなかったと。そう思って、その後の困難を乗り越えてきたのだった。ちょうど、今のように。

湊はこの幼少期の暗いエピソードを誰にも言っていない。いつか母親に言おうと思っていた。

「あの時、どうして僕の所に来てくれなかったの？」

しかし、母は病気になってしまった。もう母の命が助からないことを知った時、湊はその時のことを一度母に訪ねようかと思ったことがある。意を決して病床の母に会った時、彼女は苦痛に悶えていた。この話をしても母にとってなんの足しにもならないし、かえって傷つけてしまうかもしれないと思って、言うのをよした。湊はそれが正解だったと思っている。母親に対してほとんど孝行らしいことができなかったことが悔いではあったが……。

湊は自分がここに来た理由に気付いた。自分は叫びたかったのだ。海に向かって。力尽きるまで。時代遅れの青春映画みたいに。

ただこの時、湊にとって決定的に不都合な事実があった。海岸には見知らぬ母子の影があったのだ。誰もいない海ならばよかったが、周囲に人がいるとなると叫ぼうにも気が引けた。来た道のほうを見ると誰もいない。もう日が暮れるのだから、誰も来ないのは当然であるが、一応確認した。湊は母子が帰るまで待とうと思った。立っているのに疲れてきたので、座り心地の悪いのを承知していながらも、平らそうな岩の上を選んで座った。コートの生地のおかげで、岩のごつごつした硬い感触が、和らげられた。但し、同じ姿勢で座っていると尻が痛くなってくるので、湊は時々左右に尻を揺らして体重のかかり具合を調整しなくてはならなかった。

「ママ、もう帰ろうよ！」

「そうしましょ」

冬の海岸を半袖短パンで駆け回っていた十歳前後の少年が、心配そうに見守っていた母親に向かって言った。湊はようやく一人になれると思った。母子は手をつないで遊歩道を戻っていく。その様子を湊は横目で見送った。チャンス到来となったはいいが、寒風にさらされていたせいもあるのだろう。寒さで肝心の湊の気持ちが萎えてしまった。湊は、ゆっくりと起き上がって伸びをした。何のために来たのか結局分からない状態だが、それも人生だと湊は自分に言い聞かせた。

その時である。つむじ風が少年の被っていた赤いベースボールキャップを吹き飛ばした。

「あっ！」

少年が声を上げた。キャップは、空中で一回転すると、無情にも海に落ちた。

「あちゃー！」

母親も続けて声を上げた。キャップは、波に揺られて右に左にハンモックのように揺れている。少年はキャップを取ろうとした。

「ダメよ！　ハル君、あきらめなさい」

母親が少年を抱き寄せて言った。

「でも！」

少年が母親に困った顔を見せた。キャップは海水に浸かって徐々に沈んでいく。その時、ドボンという怪音が聞こえた。母子が振り向くと、波間に一人の男の頭が浮かんできた。湊だった。湊はそのまま波をかき分けて帽子を摑むと、岩上に這い上がった。海水がドボドボと音を立てて、岩の上に落ちた。湊は、全身から水滴を垂らしながらキャップを差し出して、微笑んで言った。

「はい」

唖然とした母子は無言で立っている。少年は帽子をゆっくりと受け取った。十秒ほど経った後で、

「あっ、ありがとうございます」

我に返った母親が湊に言った。そして、彼女は段々と慌て出した。

「大丈夫ですか？　ずぶ濡れですよ」

母親はバッグから、震える手でタオルを取り出して、湊の頭や肩を拭いた。少年は、礼を言うのも忘れて口をだらしなく開けたまま突っ立っている。

「大丈夫です」

湊がガクガク震えながら言った。オオミズナギドリの群れが、湊を嘲笑うかのように頭上を旋回し、道化師のような甲高い声で鳴いた。

「あの、『岬カフェ』に行けば着替えがあるかもしれませんので、そこまで一緒に行きましょう。このままではお風邪をひいてしまいますから」

「お気遣いありがとうございます。本当に大丈夫ですから」

そう言って、湊は脱ぎ捨てたコートとバッグを掴むと、遊歩道を戻って行った。ズブ濡れのスニーカーが、一足ごとにチャプチャプと呆けた音を立てた。湊は海水の重さを肩に

負いながら歩いた。湊は自分でもどうかしていると思った。キャップ一つのために自分がびしょ濡れになる必要があったのだろうかと。真冬の海水を含んだ下着が、胴体を強烈な冷気で締めてくる。ところが湊は悪寒を感じるどころか、かえって頭がスッキリしてくるのを感じた。滝行を終えた修行僧のように、湊は背筋を伸ばして歩いた。振り向くと、さっきの母子がほとんど夜の海岸の中で豆粒のように小さく並んでいるのが辛うじて確認できた。二人の影は湊のほうをいつまでも心配そうに見つめていた。

湊は、ケータイが内ポケットに入っていることを思い出した。慌ててポケットのジッパーを開けるとケータイを摑んだ。ほんのり濡れている。画面にタッチしてみた。

湊は驚いて目を丸くした。ケータイが無事であったということだけではない。LINEに聖子から友達招待のメッセージが来ていたのだ。初海からもメッセージが来ていた。初海には、聖子に湊のアカウントを伝えたという旨と、クビになった湊への励ましの文が打たれていた。湊はコートの袖で、ケータイを綺麗に拭いた後、まず初海にお礼のメッセージを打った。そして次に、聖子のアカウントを追加した。

「さて、何て送ろうか……」

考えているうちに、「岬カフェ」に着いた。完全に夜になっていた。カフェはもう閉まっていて、駐車場の灯りがふわっと周囲を照らしていた。湊は、カフェの脇に自動販売機を見つけた。急に寒さが身に染みてきた。手足が氷のように冷たく固まっていた。湊は震える手で何とか財布から、コインを取り出した。自販機の穴になかなかコインを入れることができなくて、もたついた。遂にコインを落とした。落としたコインを拾って、再び自販機に挑んだ。こうして何とかホットコーヒーを買うことができた。ガタンと音を立てて落ちてきた缶コーヒーを掴んだ瞬間、指先から心地よい熱が伝わってきた。思わず湊は缶コーヒーに頬ずりした。湊は熱いコーヒーを一気に飲み干した。体の芯から温まってきた。湊は、空き缶をゴミ箱に捨てると、そばの公衆便所に入った。そこで濡れた上着を脱いで、素肌の上からコートを羽織った。上着にはワカメなどの藻や砂がくっついていた。濡れて重くなった服を絞ると、磯の薫りと一緒に生温かい海水が、便所のタイルに落ちた。それは湯気を立てながら排水溝に吸い込まれていった。体が冷めないうちに帰ろうと思った湊は、上着をバッグに突っ込んで、便所の外に出た。

さっきの母子がちょうど、駐車場に停めてあった車に乗るところだった。

「あっ、先ほどはどうも！」

と母親が言った。

「どうも！」
と湊は笑顔で返した。母子に手を振りながら、湊は駆け出した。湊は走りながら、聖子へ送るメッセージの中身を、幸せな気持ちでもう一度考え始めた。

九

湯河原温泉街恒例の、「新春歌謡ショー」の日がやってきた。温泉街の地元住民参加型のステージショーである。観光客向けではないため、ほとんどの旅行ガイドブックには載っていない。商店街や温泉宿を経営している地域住民にとっては年に一度のお楽しみである。パフォーマーも観客も平均年齢は五十五歳で、主たる演目は民謡や演歌、手品である。若者向けの演芸ではないので十代から二十代の客は疎(まば)らである。若者と言えば祖父母に連れられた、小学生の児童がちらほら見えるくらいだ。そのため、聖子を参加させても問題ないだろうと判断した大原会長は、聖子を出演させることにした。

実は毎年、小学生時代から聖子は密かにこのショーに出演していたのである。若い聖子は高齢者ウケが良かったし、温泉旅館組合の重鎮や、町議会議員など、大原康成と付き合いのある地元の有力者が観客や演者として参加していた。そのため、聖子の演目を楽しみにしている彼らに報いておくことは、大原にとって意味のあることだった。

聖子は自分が小学生の頃から出演していることを誰にも内緒にしていた。聖子は恥ずかしくて同級生に自分のパフォーマンスを見られるのがあまり好きではなかったのである。同級生も、このイベント自体にさほど興味をもっていなかったのだが……。

聖子は、愛人宅に軟禁されている間、日本舞踊兼民謡の先生にオンラインで稽古してもらっていた。そのことは、聖子にとってそれほど苦ではなかった。日中、勉強以外やることがないし、退屈だと湊のことを思い出してしまって悲しくなったからである。

会場となった湯河原町町民センター大ホールは、開演三十分前から既に常連客で満員であった。小雨の降る肌寒い日であったが、集まった人たちは寒さを忘れさせるほどの期待をもって、心を弾ませているのだった。ワンカップの日本酒や缶ビールを片手に、既に酔っぱらっている人もいる。普段は飲食禁止のホールだが、このイベントに限っては正月気分を盛り上げるようにと規制を緩めている。客席を小学生の兄妹が、走り回っている。連れてきた母親は泣いている赤子をあやすのに手いっぱいで、兄妹に構う余裕がない。普段、さして面白いこともないのだろうか、中年女性のグループが着飾った格好で、ここぞとばかりに井戸端会議に花を咲かせている。最前列では、米寿を越えたであろう幼馴染同士の老人が、何やら同じような会話を繰り返している。その隣では、トルストイみたいな豪快な髭を蓄えた百歳くらいの老人が、寝ているのか死んでいるのか分からないような様子で、椅子の上で目を閉じている。

ステージの袖口で、聖子は緊張で手に汗をかいていた。鬘が蒸れて、うなじから汗が薄っすら滲んでいる。着物がいつもより重く感じられた。緊張しているのは演じることが不安だったからばかりではない。ステージの奥に、湊がいるのを知っていたからである。

聖子と湊は、ＬＩＮＥでお互いの情報交換をしていた。大原は聖子の iPhone を取り上げたが、パソコンは学習に必要だと思って、聖子に預けておいたのだった。聖子はパソコンでＬＩＮＥを使う方法を知っていた。それで湊は、聖子が歌謡ショーに参加することを知り、会場に見に来たのであった。湊は聖子の練習をＬＩＮＥで励ました。聖子のほうもそれは実際励みとなって、演目の修得に大いに活かされた。

湊は周囲にバレないようにベージュのテーラードジャケットを羽織り、ハンチング帽を目深に被っていた。湊は会場後部の壁に凭れかかって、斜に構えている。聖子がステージの袖から、カーテンを手繰って顔を出した。そして湊に向かって大きく手を振った。湊は一瞬ドキリとした。芸子姿の聖子を見るのは初めてであったし、薄っすらと化粧をしていたのが新鮮であった。聖子の紅の付いた唇から、よく磨かれた真珠のような歯が光った。それが湊の心を波打たせた。湊は、右掌を聖子のほうに向けて、控えめに振った。湊は、聖子の目の輝きでそれが伝わったように感じた。ステージ中央の関係者席に座っていた沼池は、聖子が自分に向かって手を振ったものと思い、両手で手を振り返した。しかし、聖子の視線が自分と合わないことに気付いた彼は、後方を振り返り、聖子の送った合図の先を見極めようとした。後方の客は、皆それぞれに開演前を楽しんでいて、聖子の友人らしき二十歳前後の若者を発見することはできなかった。沼池は、聖子の親戚の祖父母か誰かが応援に来ているのだろうと思って、何事もなかったように前に向き直った。沼池の隣に座っていた彼の父が、息子の不自然な動きを勘繰って、横目でチラッと見た。それに気付いた沼池は、わざとらしく咳払いをした。

開演時間きっかりにブザーが鳴ると、会場の照明が落ちて、暗闇にライトの当たったステージが浮かび上がった。司会のタキシードを着た背の低い七三分けの中年男が登場した。司会の濁声（だみごえ）でショーが幕を開けた。最初に大原康成が開会のあいさつを述べた。司会は軽いジョークで会場を温めた。次いで、演者が次々にステージに上がって、場はどんどん盛り上がっていった。所々で、デジタルビデオカメラがステージに向けられている。さっきまで会場を走り回っていた兄妹は親からぺろぺろキャンディーを預けられて、大人しく自席で鑑賞している。

フラダンスショーが始まった。総勢二十一名のダンサーは、花輪を頭に乗せ、腰布を巻いて登場した。会場から拍手がパラパラと鳴った。出演しているダンサーの身内が、ステージに向かってダンサーの名前を叫んでいる。それに応えて笑顔で手を振るダンサーたち。頑丈そうな直方体の黒いスピーカーから、ウクレレの陽気な音楽が鳴り出した。それに合わせてダンサーが腰を振る。何度も集まって練習したのだろう。全員が手先まで滑らかに合わせて踊っている。バックスクリーンには、ハワイの透き通った海が優雅に波を立てていて、小さな島の上にヤシの木が気持ちよさそうに風にそよいでいる。やがてダンスはクライマックスに差し掛かった。ダンサーの一団がステージを降りて、客席の通路を回りながら踊る。ダンサーたちは、ハワイアンレイを客席のおじいちゃんやおばあちゃんにかけるとステージ上に戻っていく。一人のダンサーが湊の前に来て、レイをかけた。まさか自分がかけられるとは思っていなかった湊は、ぎょっとしてダンサーを見た。濃いアイシャドーをしたダンサーの女は、湊に向かってウインクすると、翻ってくねくねと去っていった。目立ちたくなかった湊は、一層帽子を深く被った。ハイビスカスとマウイローズの白とピンクが地味に変装した男子を華やかに変えた。花の香りが湊の鼻を突いた。レプリカではないことが分かって湊は思わず花を触ってみた。指先から柔らかく滑らかな感触を感じて、以前に女の肌に触れた時のことを湊に想起させた。次の番を待って袖口からステージを真剣な眼差しで見つめていた聖子は、湊のレイに気付いて思わず噴き出した。色とりどりの舞台照明が天井で目まぐるしく回転してステージ上のダンサーを彩った。会場からは盛大な拍手が巻き起こっている。ダンサーたちはそろってお辞儀をすると名残惜しそうに客席に向かって手を振りながらステージ袖に捌けていった。

司会が、聖子を令和の美空ひばりと煽って紹介した。聖子はステージ上のマイクの前まで進むと、丁寧にお辞儀をした。お辞儀が終わると、目を閉じて俯いた。聖子の奥には、三味線を持った聖子の先生が控えている。先生は高座の座布団に屈みこんで居ずまいを正すと、聖子に続いてお辞儀をした。白髪の団子ヘアーを見れば、先生の年はゆうに古希を越えているのが分かる。三味線を構えた格好が、バッチリと様になっており、長いキャリアを積んだ伝統芸能の熟達者であることを厳かに示していた。

湊は精一杯の拍手を送った。フラダンスを眠そうに見ていた沼池も、聖子が出てくると急に居ずまいを正して、ネクタイを真っすぐに整えた。

拍手が一とおり止むと、聖子は首を上げた。その表情に湊は引き込まれた。聖子の顔つきが、ステージ袖にいた時とは、違って見えた。恐山のイタコが霊を宿した時のように、何かが聖子に乗り移ったように感じた。力の抜けた眉。謎めいた笑みを含んでいる口元。半開きの瞳から、虚ろな黒目が覗いている。快活な普段の聖子とは対照的で妖艶な輝きを放っていた。先生は、溌溂とした掛け声と共に、勢いよくバチを弾いた。三味線の音色に合わせて、聖子が両手に持った扇子を広げた。フラダンスの時とは空気が変わって、会場全体が静かな集中に包まれていくのを湊は感じた。三味線の乾いた音に合わせて様々な仕草を決めていく聖子。彼女は、どうすれば自分の肢体が魅力的に見えるのかを完璧に知り尽くしていて、一つ一つの所作でいちいち観客を魅了した。ステージが紫のライトに染められて、ドライアイスの霧が聖子の足元を覆った。夜空に舞う天女のようだと湊は思った。

舞が終わると、二人は続けて民謡を披露した。今度は、一転してステージが明るくなった。秋の豊作を神に讃える歌である。バックスクリーンに秋祭りの様子が映し出された。聖子は先ほどとはまた別人のように見えた。瞳はエネルギーに満ち、大きく開いた口からは生命の喜びが迸るようであった。艶やかで健康的な色をした舌から、よく通る美しい歌声が響いた。

湊の中に音が沁み込んでいった。

十

地下の楽屋で聖子は先生と抱き合っていた。楽屋は教室ほどの広さがあり、周りにはフラダンスのダンサーたちがステージ衣装のまま、先程から何回も写真を撮り合っている。

「とても素晴らしかったわ！」

「先生のおかげです！」

「いろいろ辛いことがあったらしいけど、今日のあなたは最高！」

「うれしいです。先生と共演できて幸せです。あの……これ」

聖子は、隅に置いておいたレザーのボストンバッグから、手紙と小さな包みを取り出した。包みは緑と白のストライプの紙が巻かれている。

「まあ。どうしたの？　これ？」

「たいした物ではないのですが、先生へのプレゼントです」

謙遜して聖子は言った。先生は驚いて目を丸くした。

「開けてもいい？」

「はい」

先生は丁寧に包装紙を開いた。中から御守りが出てきた。白地に、赤いだるまが縫ってある。だるまのお腹には「福」の文字が、金糸で刺繡されている。だるまは愛くるしい眼をして、先生を見つめていた。

「まあ。かわいいわね！　もしかして、あなたが縫ったの？」

「はい。私の手作りです。手紙のほうは恥ずかしいので後で読んでくださいね」

「ありがとう。私これ、バッグにつけさせていただくわ」

そう言って先生は、御守りと手紙を握りしめた両手を胸に持っていって目を閉じた。その後、二人は両手を広げて再び抱擁した。先生の潤んだ瞳を見て、聖子も目頭が熱くなるのを感じた。聖子と先生は、近くのフラダンサーに撮影を頼んで、ツーショットの写メを撮ってもらった。

その後先生は、鏡台の前に、御守りを倒れないように慎重に置いた。そしてその前に座ると、メイクを落とし始めた。

聖子も先生の隣に座って、並んでメイクを落とし始めた。聖子は徐々に普段に戻っていく自分の顔を鏡越しに眺めながら、ステージの余韻に浸っていた。ショーの最後にもらった拍手の音が自分の頭の中で鳴り響いていた。「湊は自分のステージをどう感じたのだろうか？」と思った時、楽屋のドアがノックされた。ドアの近くにいたフラダンサーが、そっとドアを開けて奥を覗き込んだ。そして振り返ると、

「大原さん！　あなたに用だって！」

と言った。

「はい！　ありがとうございます」

そう言って、聖子は半分メイクの残った顔のまま、ドアへ向かった。「湊かな？　でもここは関係者以外は来れないはずだし……」と思いながら……。淡い期待を抱いてドアを開けると、そこには沼池がいた。

「何だ、沼池兄さんか」

「えっ？　何その言い方、冷たいな〜。今日のステージすごく良かったよ」

「そうですか。ありがとうございます」

「うん、今までで一番良かった」

「はい。たくさん家で練習したので」

「そうなんだ。あっ、それでさ。今日、オレが君を家まで送っていくことになったから、楽屋で待っててよ」

「あっ、それなら大丈夫です。私、窪塚君と一緒にタクシーで帰ることになっているので。それに、あなたは祖父たちと一緒にこの後の懇親会に出るでしょ?」

「いや、実は君のおじい様に頼まれてね」

「えっ、そうなんですか?　窪塚君は?」

「ああっ。彼なら、君のおじい様に旅館の仕事を言いつけられて先に帰ったよ」

「そうですか……」

「うん、みんなが帰るまでこの楽屋で待ってて。いいね」

「あっ……はい」

沼池は、聖子が了承したとみると、エレベーターのほうへ向かって去っていった。聖子は右頬に残った白粉をコットンで拭きながら、首を傾げた。

空一面を覆っている雲の灰色とビル群の灰色とで、昼間だというのに街は薄暗い。まだ午後の三時だが、既に電灯が点って、モノクロな景観にオレンジの華を添えている。正月の日曜日で、人出は多い。黒やグレーのコートを着た墓石のような人々が街をさまよっている。商店街は、門松やしめ縄などの正月飾りが、店先に並んで、そういう所は雰囲気が明るい。湊は買い物客の間を縫うように、一人自宅への帰路を歩いている。時々、低気圧のせいで海から強風が吹くので、ハンチング帽が飛ばないように片手で鍔を摑んでいる。着物姿の女性とすれ違うたびに、聖子のステージ姿が頭を過って、湊の胸を熱くさせた。湊は、どうしたら再び聖子と会って話すことができるだろうかと考えていたが、よい考えが浮かばなかった。受験のために使わなければならない頭を聖子のために使い、神経が疲弊した。カフェで温かいコーヒーでも飲んで休憩しようと思った湊は、通り過ぎた道を引き返そうとして体の向きを変えた。その時、湊のケータイが鳴った。湊はジャケットのポケットを探って、ケータイを取り出した。祖母からの買い物の頼みごとだと予想した湊は、電話が柳葉旅館からかかってきたことに、少し驚いた。電話の主は、旅館の支配人だった。旅館のバイトに復帰してほしいという内容だった。急な宿泊客が増えたので、人手が足りないとのことだった。盆や正月など、大型連休には度々こういうことが起こる。勝手に解雇されて啖呵を切った手前、仕事を引き受けるのは不本意な気がした。けれどもそんな自分に声を掛けてきたということはよっぽど人手が足りなくて困っているのだろうし、何より聖子に会える可能性があるかもしれないと思った湊は、丁重に感謝の言葉を述べて、

「よろしくお願いします」

と言った。ケータイをしまう時、画面に雨粒が当たった。雨がパラパラと降ってきた。傘を持っていなかった湊は、カフェへ行くのをやめて、再び体の向きを変えた。

やがてドシャ降りの雨になった。

ショー会場の地下にある楽屋にも、ゴオオ……という地響きのような雨音が響いてきた。すっかり普段の格好に戻った聖子は、楽屋に一人ぽつんと残っていた。先刻まで、出番を終えた出演者で賑わっていた室内が、今はシンとしていて、雨と空調の音しか聞こえない。室内はすっかり片付けも終わって、ロッカーや鏡台などの家具が、無機質に置いてある。聖子はパイプ椅子に腰かけて、天井を眺めている。雨の音に雷鳴が混じるようになった。聖子は淋しくなってきて、上階の様子を見てこようと思った。立ち上がって楽屋のドアを開けようとしてノブを摑んだ。その時、ノブが回転して、ドアが向こうから開けられた。驚いた聖子は手を離すと後ろにのけぞった。沼池が楽屋に入ってきた。

「ごめん。遅くなって」

「沼池兄さん。外、すごい雨でしょ？」

「うん。もう、みんな帰った？」

「はい、私が最後です」

沼池は、楽屋を見回して他に誰もいないことを確認すると、ドアを閉めて内鍵をかけた。

聖子はテーブルの上に置いてあるボストンバッグを取りに行った。その時、沼池は部屋のスイッチを切った。一瞬にして室内が真っ暗になった。

「えっ⁉」

驚いた聖子は思わず声を上げた。擦りガラスのドア窓から漏れる廊下の黄色い光と、反対にある非常灯の緑光だけが不気味に光っている。沼池の姿は闇に埋もれて見えない。

「何、何？　どういうこと？」

聖子は混乱した。取りあえず外に出ようと思って、ドア窓の光に向かって走り出した。

「きゃっ‼」

聖子は、突然背後から沼池に二の腕を掴まれた。聖子は沼池を振りほどこうと必死にもがいたが、それ以上の力で体を封じられた。聖子の後頭部から、沼池のおぞましい声が聞こえた。

「お前、風呂場で川本とヤッたんだろ！」

「離して!!　何のこと？」

「みんなそう言ってるぞ!!」

「何もしてないわ！」

聖子は何とか沼池を振りほどき、光に向かって手を伸ばした。が、その手首を沼池に背後から摑まれて、背中のほうにねじられた。聖子は前のめりに倒れて、その上に沼池が覆い被さった。

「痛い！」

胸を打って、思わず聖子は叫んだ。しかし、沼池は少しも怯まなかった。

「お前は小五の時、オレのことが好きだと言ったろ！　オレにも川本と同じことさせろよ！」

「阿呆！」

「阿呆でも構わん！」

「きゃああああ!!　誰か助けて!!」

聖子は、力の限り絶叫した。しかし、防音素材の壁は、無情にも聖子の声を吸い取ってしまった。第一、外の廊下には誰もいない。もちろん、沼池はそのことを計算しての所業である。沼池は自分の意図したことが思うとおりに運んで、思わずニヤリと笑った。そして、聖子の腰に手を回して上着を捲り上げた。その時である。

照明がついて部屋がパッと明るくなった。

「沼池!! いい加減にしろよ。聖子さんから離れろ！」

ドアの脇に、賢助が立っていた。沼池は慌てて、聖子から離れた。聖子は走って賢助の背後に隠れた。沼池は、汗をびっしょりかきながら、肩で大きく息をしている。刑事に追い詰められた犯人のように、賢助を上目で睨んだ。

「窪塚!! お前何でここにいるんだ?」

「オレは、聖子さんのボディガードだ。大原康成会長に頼まれてな」

彼女の祖父の名前を出されて、沼池はガクッと膝を落とした。

「なっ何だって! どういうことだ?」

「彼女を守るように言われたんだ。お前が聖子さんに不審なことを言ったから、さっきからずっと、ロッカーに隠れて見ていたんだぜ！」

「なんだとー! 卑怯者!!」

「こっちのセリフだ‼」

聖子は、賢助の背中から顔を出すと、沼池に向かって中指を立てた。それを見た沼池は、ついに観念した様子で、震えながら言った。

「なあ、頼む。大原会長には言わないでくれ……」

「どっちに向かって言ってんの?」

聖子が賢助の肩越しからツッコんだ。

「二人共です」

沼池は敬語になった。賢助と聖子は顔を見合わせて、その後二人で沼池を睨んだ。

「お願いです。それだけは勘弁してください」

沼池は両手を合わせて二人を拝んだ。聖子が言った。

「じゃ、もう二度と私に近寄らないで」

「はい」

「約束よ。絶対よ。もし破ったらおじい様に言いつけるわよ」

「はい」

「じゃあ、約束したからね。ちゃんと証人もいるんだから」

「はい」

沼池は素直に答えた。聖子は冷たい視線を沼池に送った後、部屋を出た。続いて賢助も部屋を出た。ドアの閉まる音がした。沼池はいつかの予備校の時と同じように、部屋に一人取り残された。沼池は時折響いてくる雷鳴の音を聞きながら、体の震えが止まるまでそこで両手を合わせていた。

十一

楽屋での一件以来、沼池志津夫の様子は少しずつおかしくなっていった。眼球は窪み、青い隈を作っている。最初は受験のノイローゼだろうと、周囲は噂していた。状態はどんどん悪くなっていくようで、髪の毛はぼさぼさでブツブツと何事かをつぶやくようになった。今までの沼池にはなかったことだ。これにはさすがに周囲も心配になった。

その心配を助長させるように、沼池は奇行が目立つようになってきた。講義中に突然甲高い声で笑い出したり、喫煙コーナーの観葉植物に話しかけたりした。みんなが彼を気遣って声を掛けたが、本人はいたって平気だという。

そんなある日、沼池は予備校に酔っぱらって来た。他の受講生がすぐに気付き、予備校のスタッフに告げると、当然ながら強制退校させられた。それ以来、誰も沼池の姿を見かけなくなった。沼池の友達が電話したりメールを送ったりしたが返信もないという。賢助は、あの時のことが原因かとも思ったが、そのことは誰にも言わなかった。湊に、

「沼池さんどうしたんだろう。心配だよな」

と言われた時も、

「うん。心配だな。沼池さん、どうしたんだろう」

と湊の言葉をオウム返しにしただけだった。

聖子はあの出来事以来、不安になっていた。しつこく言い寄ってきた沼池が連絡をぱったり絶ったのはよかったが、沼池の状態のことがやはり心配だったのだ。湊たちから、沼池の様子を聖子は聞いて知っていた。沼池は、自宅の部屋に引きこもっているという。沼池の両親は心配した挙げ句、遂に大学受験はあきらめてもいいと本人に告げたらしい。しかし、沼池の様子は一向に変わらず、部屋から出てこないのだという。聖子は、あの町民センターでの出来事を祖父には言っていないし、もちろんのこと、他の誰にも言ってはいなかった。ただ、もしかしたら沼池がおかしくなったのはあの出来事のせいなのではない

かと思うと、居たたまれない気持ちになった。本人に確かめようもないし、賢助以外の誰にも相談できなかった。唯一、彼もその事件の当事者であり、共通の体験をもつ友人のいることが、聖子にとっては心の拠り所ではあったが……。

満月が、煌々とした明るい夜だった。聖子は高校生活最後の学期が始まるため、明日湯河原を発って、一旦熱海の実家に、修一と一緒に帰ることになっていた。聖子は湯河原の愛人宅で荷物をまとめていた。この冬休みの思い出を一つ一つ噛みしめながら、スーツケースに私物を詰めていく。階下の座敷では、叔母と修一がもう眠っていた。叔母は、修一と別れるのが寂しいのだろう。腕枕をしながら、もう片方の手でしっかりと修一を抱きしめて寝ている。

珍しく蔭が聖子の周りにすり寄ってきた。聖子が蔭の頭を優しくなでると、蔭は愛くるしい声で鳴いた。もしかしたら、蔭は明日私たちがいなくなるのを知っているのかもしれないと聖子は思った。そう思うと、聖子はなんだか蔭が意地らしくなってきた。蔭を抱きかかえて、首をなでてやった。蔭は気持ちよさそうに聖子の膝の上で伸びた。その時である。

聖子はカーテンの奥に、一瞬人影が映ったように感じた。でもここは二階だし、ベランダもないはずだが……。気のせいかと思った。しかし、抱いていた蔭が大きく目を開けてじっとカーテンのほうを凝視している。聖子は胸がざわつくのを感じた。

どうか、気のせいでありますようにと聖子は祈った。しかしついに、祈りは届かなかった。ドンドンと屋根の上を何者かが歩く音が聞こえた。振動が屋根を伝って、天井の照明を揺らした。聖子は恐怖で声も出せなかった。体が震えて、膝に力が入らない。蔭は聖子の膝から飛び降りると部屋の中をクルクルと駆け回った。そして、部屋の隅で尻尾をピンと伸ばして、動かなくなった。

窓ガラスがギシギシ鳴った。そして、バリンという音がして、窓ガラスが激しく割れた。カーテンが押し上げられると、そこから沼池の顔が見えた。

「きゃあああああ!!」

その時、初めて聖子は絶叫した。溜め込んだ恐怖を一気に吐き出すような、ヒステリックな声である。ホラー映画で美女がモンスターと遭遇した時に上げる、あの悲鳴である。沼池はまさにモンスターのような風貌で、悲鳴を聞いても微動だにしない。髪や髯(ひげ)は伸び放題で、紫蘭色になった頬はげっそりとコケている。目元は影になって表情は全く分からない。ただ、その輪郭が、確かに沼池であることを示していた。上下黒のジャージを着ていた沼池の両手に、軍手をはめた白い手が、不気味に光っている。聖子は沼池から数メートルの距離にいたが、沼池の体から生ゴミの腐ったような臭いが漂ってくるのが分かった。悪臭に反応して、聖子の腹から胃酸が喉元に込み上げてきた。聖子は口の中に広がる苦みをこらえながら、口を手で抑えた。

次の瞬間、信じられないことが起こった。カーテンが燃え出したのである。聖子は沼池の右手に、彼の愛用していたジッポが握られているのを見た。この、B級映画のような展開に対して、聖子はまるで観客にでもなったかのようにただ事態を見つめるばかりであった。蔭が、番犬のようにけたたましく鳴き声を上げた。

「どうした？　聖子‼」

階下から、叔母の呼ぶ声が聞こえた。さすがにこの事態に起きてきたと思われる。

「叔母さん‼」

聖子は、それだけ叫んだ。他に何と言えばいいのか分からなかった。沼池は、悲しみを抱えたフランケンシュタインのような、孤独な表情を浮かべている。聖子には、ほとんど沼池の顔は見えなかったが、確かに彼の全身から表情を読み取ったのだ。なぜかこの時、聖子の心に沼池に対する同情の念が湧いてきた。聖子は沼池の名前を呼ぼうとした。しかし、沼池はカーテンの奥に消えた。

聖子は現実に引き戻された。もう、火は壁を焼いている。黒煙が天井を覆って部屋が暗くなった。頭上に熱を感じながら、聖子は四つん這いになって階段を落ちるように降りた。

「火事！　火事!!」

聖子は、叔母と修一に言った。修一は、まだ寝ぼけて駱駝(らくだ)のように半分目を閉じたまま布団に伏している。叔母は修一を抱いて慌てて外に出た。聖子もパジャマ姿のまま、サンダルを履いて外に出た。家の屋根が赤々と燃えるのを三人は見上げた。この事態に、徐々に野次馬が集まってきた。誰かが消防署に通報したのだろう。遠くにサイレンの音が聞こえる。

屋根から上る煙は満月を隠してしまった。炎の唸るような声に交じって、火の粉がパチパチと渇いた音を立てた。叔母と修一は炎に顔を照らされて頬を真っ赤にさせながら茫然と燃える家を眺めている。聖子は俯いて、膝を抱えて震えていた。野次馬の中の誰かが、燃える家をケータイで撮影している。

「あー!!」

　突然、修一が叫んだ。二階の窓に取り残された蔭がいたのである。蔭は背中に熱波を受けながら、かすれるような声で鳴いている。修一は蔭が助けを求めていると察した。修一は叔母のスキを突いて家の中へ駆け出した。

「修一!!」

　気付いた聖子が叫んだ。聖子は修一を追って家の中に入ろうとしたが、炎の熱風で押し戻された。

「誰か助けてください!!」

　聖子は振り返って野次馬に叫んだ。何の反応もない。漆黒の野次馬の群れは、影絵のように揺れているばかりだ。まだ消防車は来ない。聖子は泣き叫んだ。力の限り。

　その時、野次馬の陰から一人の勇者が飛び出してきた。彼はハンチング帽を目深に被って、マフラーで口元を覆っている。そのまま彼は炎の家に飛び込んでいった。

「きゃあああ！」

「マジかよ!!」

「やべえぞ!!」

「だれ？　だれ？」

野次馬の群れから、次々と悲鳴や大声が聞こえた。聖子はその場に崩れ落ちた。ぶるぶる震える両手を広げて、辛うじて上体を支えた。

消防車がようやく到着した。消防隊員はさすがの手際の良さで消火活動を進めた。燃え盛る炎に向かって放水する。他の隊員が、安全な位置へと人々を誘導していく。燃え盛る炎の中から、一人の男が修一を抱えて玄関から出てきた。コートの背中に炎を背負いながら。消防士が、すかさず放水を男の背中に浴びせた。修一は聖子の胸に飛び込んだ。煤けた顔を聖子の胸に押し当てた。聖子と修一は抱き合って泣いた。男は消防士に半分焼けたコートを脱がされた。コートの中から蔭が滑り落ちて、ニャンと鳴いた。その時、聖子ははっきりと分かったのだ。その男が湊であることを。湊の目に誇りが浮かんだ。聖子はそれを見逃さなかった。

修一は、聖子の胸から顔を上げると今度は叔母の胸に飛び込んだ。

「聖子さん！」

湊は聖子の名を呼んだ。二人は自然に抱き合った。聖子は周囲の目も憚らずに、湊の胸で泣いた。火はやがて消し止められた。火が弱まるのに伴って喧騒は小さくなり、鎮火する頃には、野次馬の姿も消えていた。消防車のサイレンの赤い光が、クルクルと音もなく回り続けている。焦げた臭いが火事の残り香のように漂っていた。二人は夜の中でいつまでも抱き合っていた。

遅れて到着した大原康成は、聖子と湊の姿を遠くから見守っていた。愛人の肩を抱きながら。修一はその脇で、蔭の頭をなでている。すると、蔭が突然修一の腕から跳んで、アスファルトの地面を駆け出した。

「あっ!」

そう言って、修一が蔭を追おうとした。叔母が修一の手を摑んで止めた。

「修一。大丈夫だ。蔭は無事だったんだから。また会えるよ」

修一は振り返って叔母の顔を見た。叔母の顔に、安堵の表情が浮かんでいる。それを見た修一は、安心して頷いた。蔭の姿はもう闇に呑まれて見えない。ただ、蔭の鳴き声が二、三回、闇の中から聞こえた。

半焼した家の屋根から、糸のように細い白煙が天に昇っていく。再び満月が姿を現した。消防士と新聞記者が現場に残っていた。彼らは最後の仕事に取り掛かっている。修一は叔母の胸に抱かれて眠りについている。大原は、二人をロールスロイスファントムの後部座席に乗せた。大原は運転席に乗り込むと、修一を起こさないようにゆっくりと発車させた。

大原は愛人に話しかけようとして、ルームミラーを窺った。叔母は修一を腕に抱いたまま眠っている。レザーシートの座り心地が良過ぎたのと、大原の運転技術が高かったせいもあるのかもしれない。大原はため息をついた。それは彼の大切な人たちが全員無事だったことに心底安堵したからであろう。そして大原は、年甲斐もなく自分の胸が熱くなるのを感じたのであった。

翌日、沼池が放火の容疑で逮捕されたことが新聞記事に載った。

十二

大原康成は、なかなか話し出そうとはしなかった。ウイスキーを旨そうにちびちび飲んでいる。手に持ったバカラのグラスを眺めて、琥珀色に煌めくウイスキーの色を眺めては、口に含んで、またグラスを見た。グラスに刻まれた芸術的な模様がウイスキーの色を通して浮かび上がっている。グラスに浮かんだ南極の氷は、スコッチランド製のウイスキーにゆっくりと溶けて混ざり合っていく。グラスを開けてしまった大原は、再びアイストングを摑んでグラスに氷を入れ始めた。

「オレ、やりますよ」

湊は耐えかねてそう言った。

「いや、いい」

そういうと、大原は思うがままにウイスキーを作り始めた。湊は初めて入った会長室の中で、その様子を黙って見ている。大原はバースプーンでウイスキーをかき混ぜると、静かにお盆の上にスプーンを置いた。そして、壁に掛けられた先代の肖像画をまじまじと眺めた。先代は厳かな笑みを讃えて、大原を見返している。大原は、回転していたウイスキーの流れを止まるまで待ってから、口に運んだ。そして、コルク製のコースターの上へグラスを置いた。置いた瞬間、二つの氷がカランと渇いた音を立ててウイスキーの中を滑った。大原は口中のウイスキーの後味に浸りながら呟いた。

「お前は将来、どうしようと思っているんだ？」

「はっきりと決まっていません」

「じゃ、大学を卒業したらオレの旅館で働く気はあるか？」

湊は意外なことを聞かれて一瞬戸惑ったが、正直に答えようと思った。

「私にそのようにおっしゃっていただけるのは、本当に光栄です。しかし、今はっきりとお答えすることはできません」

湊はそう言うと、生唾を飲んだ。それに対する大原の言葉は、さらに意外であった。

「オレは、お前が聖子と結婚してくれたらいいと思っている。そして、オレの跡を継いで旅館の仕事を引き継いでほしいとも思っているんだ」

湊は、大原康成が自分に対してこのような言葉を話すことがどれだけ勇気のいることかと思った。この人は自分を認めてくれている。それがうれしいのと、この大原の懐の大きさに頭が下がった。自分はまだこの人には及ばないと湊は悟った。湊はここで、取り繕うような言葉を言うのは、かえって失礼だと思い、あくまでも正直を貫こうと決意した。

「ありがとうございます。大原会長にそんな言葉をかけていただけるなんて光栄です」

「聖子と付き合っているんだろ?」

「はい」

「聖子を愛しているのか?」

「はい」

「そうか。ならいい」

湊は胸が詰まった。思わず深呼吸をした。湊は、大原の顔をまじまじと見た。無数に刻まれた顔面の皺、一つ一つに、聖子との想い出が詰まっているように感じた。そして、確信した。この人は、他人の心を見通すことができるのだと。

湊はふと、大原の背後に見える窓に目をやった。そして、思わず息を呑んだ。窓の外に蔭がいたのだ。蔭は闇夜とほとんど同化していた。しかし、二つの黄色い眼が、確かな存在を証明している。蔭は置物のようにじっと湊を見つめていた。大原が湊の視線に気付いて振り返った。大原は窓辺の蔭に気が付かない。蔭が目を瞑（つぶ）ったせいである。やがて蔭は闇と混然一体となり、湊の視界からも完全に消えた。

湊は蔭の行動を思い返した。蔭は、竹藪の時も火事の時も、自分のほうに自ら駆け寄ってきた。それはなぜだろうかと、ふと疑問に思った。

それ以来、蔭の姿を見た者はいない。

十三

その日は天気雨で、春の日差しの降り注ぐ中、雨粒が光っていた。湊と聖子は、二人並んで傘を差しながら、城山の頂へと続く長い山道を登っていく。聖子は旅館の仕事を片付けてからそのまま来たため、作務衣を着ている。泥が付かないように捲し上げられた裾からは、細い脛とスニーカーが覗いている。湊は大学入試本番をたった今終えてきたばかりだが、その疲れも吹き飛ぶほど浮き浮きしている。湊は聖子と会えるようになったことがうれしくて彼女の手を握った。お互いの傘がぶつかって、二人の頭に雨粒が落ちた。聖子は自分の傘を閉じると、湊にすり寄った。湊は左手に聖子を感じながら、喜びが込み上げてくるのを感じた。

ピンク色をしたサザンカの花弁が、まだ寒々とした山の緑に彩を添えている。後から来た健脚な老人が、二人を邪魔そうに追い越していく。湊と聖子は、老人には目もくれない。二人は一歩ごとに幸せを感じながら、わざと蛇行しながらゆっくりと歩いた。しばらく進むと、山頂のほうから四十代のカップルが仲睦まじい様子で道を下ってきた。その二人はどういうわけか傘を持っていなかった。男のほうはパーカーのフードを被り、女のほうはタオルを頭上に載せている。二人の足は、脛まで雨と泥で汚れていた。男はウオーキングシューズを履いていたのだが、女はハイヒールのサンダルであった。「その靴で山を登ろうと思ったのか……」と、湊は少し驚いた。その女は雨粒が目に入らないように、俯き加減の上目遣いで湊たちを見た。

「だから傘持ってくればよかったじゃん！」

と言って、彼氏の肩をドンと叩いた。関西の芸人がツッコむような強い叩き方だったので、湊はまた少し驚いた。ついでに視力のよい湊は、何となく見た女の細かいところまで見えてしまうのであった。目尻と喉仏の辺りに薄っすらとした細かい皺が入っていて、口角が若干弛んでいる。ただ、頬から顎にかけての滑らかな線と細い首、キチンと手入れされて形の整った眉毛、薄いファンデーションの施された健康的な肌からは、どこか清潔感のある色気が漂っている。湊は迂闊にも、この年上の女性に一瞬だけときめいてしまった。

「今更そんなことを言っても仕方ないだろう」

メガネをかけた、小太りな彼氏が穏やかな口調で言った。

「どうしてくれるの？　こんなに濡れちゃったじゃない」

そう言って、女は彼氏の左腕を両手でがっしり摑むと体重を彼氏に預けた。

「うわっ」

彼氏は体勢を崩してよろめいた。ドンという音がして、彼氏は湊の胸にぶつかった。傘が傾いて、大きな雨粒が湊の頭にポタポタ落ちた。ぶつかった勢いで倒れかかった湊の体を、聖子が自分の体で押し戻した。湊は聖子の肉体の圧力を受けて、彼女の温かな体温が自分の皮膚を通して侵入してくる快感を覚えた。

「すいません！」

と相手の男は、湊に言った。

「大丈夫です」

湊がそう答えると、男は申し訳なさそうに会釈した。そして首を反対に向けて、

「落ち着けよ。人に迷惑かけてるだろ」

と彼女を諫めた。彼女は媚びたような目つきで、

「だって～」

と彼氏に甘えた。

「付き合い始めた頃はもっと優しかったのにな～」

と、すれ違いざまに男はぼやいた。

「何だって？」

「いや別に」

と言いながら歩き去るカップルの後ろ姿を、湊は何となく目で追った。

聖子に腕を摑まれて、湊は聖子のほうを見た。聖子は無表情でぼんやりとどこかを見て

いる。

「さっきはありがとう」

と湊は言った。

「うん」

聖子は抑揚なく答えた。聖子が何か言いたげな雰囲気をしているように湊は感じた。まさか先ほどの四十代の女に対して自分が覚えた感情を、聖子が読み取ったはずはあるまいと湊は思った。けれども、若干の恐れを覚えた湊は、背筋を伸ばして聖子に言った。

「行こう」

「うん」

いつもの優しげな眼差しで聖子が返事をしたので、湊は少し安心した。二人は再び歩き出した。

頂上に着くと、先に来ていた別のカップルが山頂からの景色を眺めていた。湊と聖子は、彼らから少し距離を置いた所に立った。

柵に手をかけると相模湾が眼下に見えた。ミニチュアみたいな建物の間に、もりもりした森が散らばっている。合間からは、湯けむりがたわんだ糸のように揺れている。その向こうは縹渺たる太平洋の青だ。海の果ては雲の果てと見分けがつかず、白い靄に包まれている。頭上の雨雲は、絶えず形を変え、片時もじっとしていない。湯河原の景色は、翳ったかと思うとまた日が照ったりして、刻々と色を変えている。

「あそこに柳葉旅館が見える！」

聖子が少年のようにはしゃいで言った。湊は何度かここからの景色を見たことがあるのにも拘らず、街の景観に誇りと感動を覚えるのであった。二人は長い間楽しそうに景色を眺めた。

湊は、徐々に気温が暖かくなってきたのを感じた。空を仰ぐと、いつの間にか、雨雲はすっかり消えている。湊は傘を折りたたんだ。雨の雫が傘の上を滑って地面の水たまりに落ちた。水面に映った逆さの二人が揺れた。さっきいたカップルはもういなくなっていた。雨が上がっていたことに二人共気付いていなかったのがおかしくて、二人で笑った。この時、聖子の笑顔を守ろうと湊は決意した。

突然、強い春風が西の山脈から降りてきた。湊はうなじにこそばゆい風を感じて、肩をすくめた。湊が春風のやってきた方角を仰ぐと、冴え渡った蒼空の向こうに富士山が見えた。富士山は、純白の法衣を纏った神官のように天から湊を見下ろしている。まるで聖子に対する自分の決意を見届けるための、証人であるかのように。湊は凛とした姿勢で富士山と対峙した。山は荘厳な佇まいで、不動の雄姿を誇示している。富士山からの眼差しを受けて、湊は身が引き締まるのを感じた。

終わり

あとがき

「いつか自分の書いた本を出版したい」
自称読書家の私は若い頃にそう思いました。しかし願いはなかなか叶わず、気が付けばもう四十代の半ばに差し掛かっていました。私は今までに自分の書いた小説を様々な新人賞に応募してきましたが、落選ばかりでした。

夢の実現へ至る道は果てしなく遠く、濃い霧がかかっていました。私は永遠に続くとも思える道のりの途中で、何度も迷っては立ち止まり、しばらく休んだ後に、心の羅針盤を頼りに再びゴールを目指して歩き出していたように思います。道は決して平坦ではなく、歩きにくいものでしたが、神様の声に耳を傾け、自分を奮い立たせながら歩き続けてきました。

そんな私も人生の前半戦を終え、さすがに歩き疲れて気力も衰えてきました。道半ばではありますが、この辺りでリアタイアしようかとも考えていました。そんな矢先、いろいろなことがあって、このたび自費出版という形ではありますが、本を出版させて頂くことになりました。

私の本を手に取って頂いた貴方、そして本を読んでくださった貴方に心から感謝申し上げます。おこがましいのですが、ついでに貴方に面白かったと思ってもらえたのであれば、それに勝るものはありません。私の作家としての力量不足がありますので、何とも言えませんが、作品はいかがだったでしょうか。

私の夢であった本の出版にあたり、多くの皆様のご協力を得ることができましたことを深く感謝申し上げます。関係者の皆様の恩情があって初めて夢を叶えることができました。本当に喜ばしいことであると身に染みて実感しております。

特に、文芸社出版企画部と編集部の担当者の方々には大変お世話になりました。厚く御礼申し上げます。

読者の皆様、もしも機会がありましたら、私の次回作を貴方にお届けしたいと考えております。その節は、よろしければ是非、私の作品にお付き合いくださいませ。

著者プロフィール

春山 郷（はるやま ごう）

1981年、新潟県に生まれる。

大学並びに大学院で教育学を専攻。

2024年まで公立学校に勤務。長年教職につくかたわら、作家を志して作品制作を行う。

2025年、本作で作家デビュー。

タイフーン・湯あみ

2025年1月15日　初版第1刷発行

著　者　春山 郷
発行者　瓜谷 綱延
発行所　株式会社文芸社
〒160-0022　東京都新宿区新宿1－10－1
電話　03-5369-3060（代表）
03-5369-2299（販売）

印刷所　株式会社平河工業社

ISBN978-4-286-26124-9